U0452343

没有名字的人

网易人间 —— 主编

中国友谊出版公司

图书在版编目（CIP）数据

没有名字的人 / 网易人间主编 . —— 北京：中国友谊出版公司 , 2024.11

ISBN 978-7-5057-5708-0

Ⅰ . ①没… Ⅱ . ①网… Ⅲ . ①纪实文学 – 作品集 – 中国 – 当代 Ⅳ . ① I25

中国国家版本馆 CIP 数据核字 (2023) 第 171613 号

书名	没有名字的人
作者	网易人间　主编
出版	中国友谊出版公司
发行	中国友谊出版公司
经销	北京时代华语国际传媒股份有限公司　（010）83670231
印刷	北京盛通印刷股份有限公司
规格	880 毫米 ×1230 毫米　32 开 6.75 印张　131 千字
版次	2024 年 11 月第 1 版
印次	2024 年 11 月第 1 次印刷
书号	ISBN 978-7-5057-5708-0
定价	58.00 元
地址	北京市朝阳区西坝河南里 17 号楼
邮编	100028
电话	（010）64678009

目录

平原上的一个人

在大山尽头顶仙出马 002
六指 015
需要被看见的母亲 028
二林买房记 046

回不去的一个人

进了南城根,没人知道我是谁 064
买了城镇户口,却依旧不是城里人 084
周旋于邻里街坊之间 099

正在消失的一个人

乡村最后的仪式感　　　　　114
流动的麻村人　　　　　　　125
从奔赴到离开　　　　　　　140

田地里的一个人

八个农村老家的真实故事　　150

度光阴的一个人

有钱没钱，洗澡过年　　　　166
失落东北之"人民影院"　　　176
与平江的距离　　　　　　　186
红娘还是老味道　　　　　　203

平原上的一个人

在大山尽头顶仙出马

文 _ 贾行家

前言

　　萨满是人类学中的显学。萨满的发音，即女真语的巫，并非沙门。巫婆为族人和牲畜治病，与亡灵沟通，"以其通变如神"。说其显，在于学者认为它生机勃勃，保有当地的原始状态，是研究人类的入口。而实际的田野调查中，走遍东北，大概也只能收获一两件旧物和几段花花绿绿的舞蹈而已。东北的神异，无损于东北人的清醒。他们勇于在无精神的状态下不寻求精神，在无心的世界里不寻求灵魂。因为有萨满，东北人更容易保有模糊的自我意识。只要能解决问题，巫术就附带有社会功能。用到的时候，便"冷手抓热馒头"地去请。本地山高水长，既不流行赊账，也无氏族祠堂，下次不知什么时候才遇到，所以"一把一利索"，下次再说下次的。南方常惊诧于这种狡猾，以为是缺乏转圜的教养，礼下于人的心意不诚，焉知那里即便是对待神灵，也仍是如此。

至此,便有了我的"东北巫术拾遗"。

一

新公路沿山势,进入冻土腹地,沥青路面的褶皱扩大为短坡,像迎着波浪;山势又被江水修整,河流千百年依故道,如大画家一挥之间,是自然中的必然,物理中的最小阻力;江水辽阔幽暗,只有巨大河流才能如此沉静。

这条路是许多人此行的理由:山林的一侧,红松白桦紫椴,叶子随意黄绿,远看即是五花山色;水流的一侧,渔船默运潜移,驻在江心的国界线上,因为大鱼都不肯到这头来了;沙洲上盘旋着大团的鸟,自芦苇里升起或消失;坡下有个比镇子还大的村屯,只见一大片旅店饭馆的招牌,摊子支在路边,村民都是熟练的生意人。

那个一百多年前来这里的人,是从南坡的羊肠坂爬上来的。

那天夜里,他在树林里迷失了方向,便到高处来寻道路。路在山崖上断了,他在风雪中认出下面那白亮亮的是凝固的大河,河对岸,雪原继续伸展,想过去、想回去,除非登时变成只大鸟。

然后,像一切故事一样,他见到山麓里飘上来的炊烟,他一边连滚带向那里爬,一边疑心是脑袋冻出了毛病。那两间地窨子,就是如今这村子的最早几家。

搭救他的人,生着高鼻子深眼窝绿眼珠子,完全是洋人模样,一张嘴,却是本地土话:"我妈是俄罗斯人。我就是这旮生这旮长的。"带着整个冬天都见不到生人的天真神情打量他,"哎呀,妈呀,得亏你是往这两溜来,要是过江到俄罗斯那边,走几百里也没人呢。冻不死你,也得让黄皮子啥的给迷了去。"

许多人就是这么来的,因为无路可走,才又走到了路的尽头。

清朝设一千三百县,全盛时却不曾在这几道江河间设过一个。黑龙江将军于江左筑瑷珲城,镇守宁古塔,又于避风处置二直隶厅,松松散散地收容罪臣流民。清光绪年间,俄国强占江东六十四屯,国人退回南岸。将军再开府时,黑水和巴彦苏苏都有了市镇①,始成今日之局势。

此时,百里间陆续升起人烟:先来的,用自己的姓名给屯子命名。说跑马占荒,也真得使大牲口跑,东北的垧大,一垧是十五亩,种上百垧高粱,也算不上什么大户;后来的,道个辛苦,就挨着住下,余下的荒山,接着跑去占。会烧酒的烧酒,会磨豆腐的磨豆腐,逐渐有了人间样子。

有人烟,就会有是非恩仇,有欲想和怨念,有百思不解。有无计奈何、神佛不到之地、医药枉效之时,就尊奉狐鬼为仙家。于是,狐鬼们钻进村落,寻找寄居的宿主,受用香火,渡过天劫,

---

① 清朝咸丰年间,巴彦形成集镇时,汉语称"中兴镇"。同治三年(1864年),呼兰厅衙门迁来中兴镇时,改称满语"巴彦苏苏"。"巴彦"是"富"的意思;"苏苏"是"屯"或"村"之意。——作者注

仙家们的局势也成了。

写至此处，正在某屯子里。全屯东头到西头，共四十七户，除去外出打工的，还剩一百来人。其中，"出过马"的两人，"疑似被迷"一人，所疑的，是当那妇女能在房梁上走，观其形态，介于蛇鼠之间。村外有干枯河床，雨季时有水，存水后，按理只该有一两尺深，几年前却连着淹死过三两个男孩，岸上那人说，仿佛隔了苍茫大水，不敢下河。

二

XX 县 XX 乡 XX 屯
（王 X 师傅）关门弟子
李 X 武 先生
算卦 摇卦 破关 择日子
看阴阳宅 迁坟 立碑
破里外呼 画阴阳鱼 修庙
出马弟子 高先生（大仙）
上医院打针吃药不见好的病
来历不明的病
惊吓无力 说不清道不明的病
看财 看事 看婚
看坟地 看阳宅 起名 牌匾名

地址：XX镇书店门口

电话：152XXXXXXXX

  这些杏黄字印在个红色灯箱上，灯箱摆在镇东头，下面还压了几块砖，灯箱的右边是家理发店，左边是爿猪肉案，冲外摆着只猪头，微阖二目。

  上面的意思是说：该王师傅的关门弟子李×武，日常在镇书店门口摆卦摊。除上所列的功课外，该人还顶着一尊叫"高先生"的大仙，遇到怪病，可以电话预约，烦其出马指点迷津。

  观者不免势利地猜测，这李×武和高先生，皆道行有限，"法力至多只能覆盖附近几个大队"——上年岁的村民，还是习惯称行政村为"大队"。这样的伏地半仙，各乡镇都有，一般不兴跨界，他们能收魂、能圆光，能看出到底是谁偷了那谁家的大鹅。入了深秋，"大仙"们总要挤出十几天来，先把自家的黄豆苞米收了。东北只种一季粮，待入冬以后，人和仙便专注了。

  东北本地人的性格，向来喜欢简化直接，摘去了巫师世代相传的面具，也直接省略掉繁缛程序，只剩下词句俚俗的击鼓"跳大神"；兼可以解闷，冬季烧暖了炕，热气熏熏，缺少氧气，还没有喝酒，围观的男女便各呈三分醉意，闲着也是闲着，索性请神如神在。跳得好的，自然惊悚有加，接受了因果再教育；不着调的，权当看二人转，且听他胡唱："先请狐来哎后请黄啊，大堂人马下了山峰唉。狐家为帅首，是黄家为先锋，长蟒为站住，是悲王为堂口"。直唱到"听我烧香打鼓把神搬，搬得那九天玄女下了界，下界就把那男人被窝钻……""哗啦"一个敞笑，笑声里充满了原谅。

办事人家的目标也明确，恭敬基于效果，随时可以翻脸，与城里人上医院的态度近似：先塞个红包，能看好便罢，看不好，还要擎着花圈去闹。

世上的问题，有一大半可以自行解决，在"仙家"和江湖人来看，这个空间足够了，何况，给予人暗示也是一种帮助——虽说有点儿贵，但医保还能报销一部分。

三

像团缠在板子上的乱线，四英姨关于人世最初的记忆都和饥饿有关。一直到老，说起"仙"来，她还是感念。

她爹死后，娘把大的过继给别人，抱着她从老龙头挤上车，楔在车厢里，到"满洲国"去挣两条活命，活不了，就死在一块儿。四英记得，车厢里的灯像昏暗的蛋黄，跟着铁轨抖动。她饿得一直在舔铁皮缝里的冰溜子，那个夜长得没有尽头。

她娘带她住的是哈尔滨道外的窝棚，给人"缝穷"。真是穷，找她娘缝缝补补的人也穷，院子里来来往往的人，都穿着看不出本色的衣服。娘俩一天只有两个棒子面饼子，早上多吃一口，晚上会更饿。除了带她改嫁给了后爹，她娘还有个谋生的主意，就是"顶个仙出马"①。

她看娘从牙缝里挤出几分钱,给"仙"上香。仙家是黄表纸上的一个名字,摆在灶台后面一个墙洞里。娘只供这一个"仙"。

"人活的是一口气,佛也是就争一炷香,最忌讳供了他还供别人啦。"娘说。

娘是长胳膊长脚、能说能做的挺拔女人,脸一沉下来,甚是威严。"出马"时,包好头,旧蓝布褂子抻得平平整整,盘腿坐在炕上,从不大哭大笑、满地打滚,只是嘴唇微微翕动着默诵。四英见求"仙"的邻居们都垂着手沉默地看,觉得喜悦。稍后,娘睁开眼,用的也是自己的声音,说我家"大仙"是如何如何对我说的,你去试试,有不明白的再来。

慢慢地,墙洞里就有了两个鸡蛋、一碟咸菜什么的供奉。那是来求"大仙"的人拿来的。这地方的人,钱到手要先还账,能拿来什么就算什么。撤供之后,供物归人吃,后爹是干活出大力的,要先紧着他。后爹很憨厚,掰了一半鸡蛋给四英。她把蛋黄噙在舌尖上,让它一点点儿地化。邻居望着她的鸡蛋说:"真是宁跟要饭的娘,不跟做官的爹。"

同院里住着江上撒网的渔民,雨天时出不出摊,就把杂鱼成

---

① 出马,也叫看香,出堂,泛指北方地区一种巫文化。巫师负责的是上传下达,把神的旨意带给凡人,然后把凡人的要求传达给天神。——作者注

筐贱卖给四邻，九分钱一斤。娘生长在大沽口上，用一撮糖，一点点儿的油、酱和葱姜，能烹出一大锅的迷人香气。于是，四英的肚子就填满一次。吃完，她捧着空碗坐在门口，望着雨水从屋檐成线地落下来，呆呆地笑。

娘用一碗小米，插一根筷子，念叨几句，小孩儿就不哭闹了，这不用"仙"，人自己就会。她给人"出马"，也要不下什么东西，三毛五毛的，娘说是仙家有令，多要会降祸，"能将够我几个孩子吃，就行了"。

那时，娘和后爹已经添了两个妹妹，家里日子始终紧紧巴巴。四英问娘自己能不能请仙，娘说这是讲缘的，你五妹子行，你不行。

解放了，派出所找娘去谈了几次，娘在墙洞前贴了块木板，防备居委会查卫生时批评。初一十五，还是要悄悄上香，"'仙'是保咱一家老小平安的，赚钱不赚钱，都要供奉"。

"出马"的生意变得极少了，偶尔有个老太太夜里摸来，也像特务接头，出得很潦草。后爹老了，赚钱日渐少，而弟妹们的嘴却越来越壮。四英好强，不肯在家添吃累，十四岁那年剪掉头发离家出走，先是冒充男人去拉小套，气力涨了以后，能像男人一样拉大车。虽然一直没嫁人，也很少再回娘家去住。

娘活到九十岁，没病没灾，脑子也不糊涂。有一年娘把他们姐弟们找来，说她今年在家里过完年，来年要在几月上死，你们该准备的得准备，除了一套妈妈令儿和仙家说法，特地嘱咐了两件事情：一是咱家的"仙"由老五接去，小心伺候；二是娘福薄命浅，但死后还能有点儿受用，你们要给娘买个最好的骨灰盒，要一千多块钱的。

弟弟是木匠，踅摸来一个江苏产的硬木盒子，捧着说，妈你快看，这手工和木料多地道，上面的雕花都是机器雕的，中间还能放照片呢。娘也夸好，但说，棺材里哪有放照片的，命他把那小框子取下来。

操办后事的，在娘的老家天津叫"大了"，本地统称"先生"，如今改叫"老师"。这位先生绰号"小佛爷"，也是娘的同道，顶着"仙"的。当时的火葬场没有高炉，骨殖是散乱的一大盘，小佛爷去炉子那边端了娘的骨殖回来，铺一块红布，从里面挑拣着部位，说："老太太了不得，是有道行的人呢。"

骨头、渣子和灰，都陆续安进一千多块的木头匣子里，最后高出来好大一截。小佛爷不用那个小铁簸箕，只是按住四个角，叨叨念念，丹田一用力，骨灰就矮下来，盒盖便推上了。四英们欢喜赞叹，唯独弟弟不信，说这小子的手挺有劲啊，都用指头给杵碎了，那还不下去？

四英虽说那时也成了老太太，但自此就觉得，原来人不管多大岁数没娘，都委屈得像个孤儿。她那几年总睡不着，就从小时候忆起，想到娘临死前还有力气和他们挨个吵架，就哭一阵又笑一阵。

"头七"那天，她在半夜醒来，见月亮像发疯了一样，亮得晃眼，窗户上有团白影子，正在慢慢挪动，仿佛是娘回来了。她像儿时挨了娘的一个嘴巴一样，对着那团影子大放悲声。

四

村上有过一个独居的瞽目老者，不知何时落的残疾，也不知是否从来没有家。东北话清简，孩子们就叫他"瞎爷"，并无不敬，也说不上尊敬。

一个屯子里住着，不沾亲也带故，有人想出个温柔的主意，几家凑钱，请他在夜里说书讲古。大人们忙了一天，喂牲口还要起夜，只有孩子们来听。他仿佛能感知夜晚的天色，有片很亮的星星，就讲三国列国，用竹竿比画着刀枪架子，想不起的人名，就说"那个叫那啥的人"；大月亮地里，便说鬼狐，不是"豆棚瓜架雨如丝"的悠远和孤愤，就是近在这十里八村的事情，常常只有一段偶然降落的暴力，或突然收紧的恐怖，既没来由，又无结局。

孩子问："瞎爷，下甸子的老刘头为啥在八月十五那天晚上上吊呢？"

瞎爷答："你看他好像是和老刘婆子干仗想不开，其实不是，老刘家多趁（有钱）啊，那么好的日子不过，干啥为这点儿小事说死就死呢？他那是得罪'莽仙爷'了，夏天他是不是打死过一条大白长虫来着？是不是还拿棍儿挑着往哪儿走来着？这山上一直有'白莽仙'，平常是不发大水不下山！八月十五，正是'莽仙'

寻仇的日子，大仙一幻化，他看那绳套子里就是明晃晃的月亮了，月宫里有亭台楼阁，有仙女儿，他越看越着迷，就踩着凳子，把脑袋伸进去了……你们以后也别手欠，长虫不管大小，都别招惹。"

孩子又问："你说的莽仙就是长虫呗？"

瞎爷答："仙名就是指着原型叫，也有叫'常仙'的。'胡仙'就是狐狸，'黄仙'就是黄鼠狼子，牌位上的名儿也是随便起的，跟人名似的，胡天红、胡天黑、胡翠花、胡翠苹，还犯辈呢，跟屯上人似的。胡贵玲那个屯为啥叫胡贵玲？就是那旮儿早先有个大仙叫'胡贵玲'，现在还有个小庙，可邪性呢！黄仙胡仙，求得是个人形，黄皮子夜里会跑到路上问人：'你看我像不像个人？'人要说它不像，它前面练的就白扯了。蛇啊蛤蟆啊什么的，练出来的是龙形，那得躲过多少次的雷劈？啥意思呢，就是说老天爷只让人修炼。"

有孩子问："于老二他媳妇顶（拜）的那是啥仙啊？"

瞎爷："她是'烟魂仙'的'地马'。'烟魂仙'就是鬼，烟魂知过去，不知道将来，一说将来，就是瞎说了。顶着啥，脾气也跟着随啥，顶黄鼠狼的就嘴馋手黑；顶烟魂的就气色不好，还好哭，鬼不托生，都是有冤没报的。要不于老二他媳妇老哭呢。"

孩子反驳："不是，瞎爷，于老二他媳妇老哭，那是于老二打的。"众人大笑。

笑声止住，又有孩子问："'顶仙出马'都是咋样的才能顶上啊？"

瞎爷："小孩儿不学那个！那不是好东西！'保家仙'还行，只受你一家的香火，不给你添啥大擩乱，你爱供就供，不供它上别人家。'出马'不是啥好事儿，有福的人没有当'地马'的，地马地马，就是让这些地仙当马使，都是命犯天煞孤星的才整这个。一个是你自己本来就命不好，打小眼不净，身子骨不行，容易招这玩意儿；再一个你要自己想靠这个整俩钱儿花，你心里一琢磨，它就上你身上来了。狐鬼啥的，本来就想着往人身上上呢。

"它要相中了你，你再乐意，它就给你'串窍'，'串窍'就是把人的魂儿给腾空了，它以后好想啥前儿（什么时候）上就啥前儿上。一串上窍，人就病病歪歪跟要死似的，且得折腾些日子，就老有那'串窍'给串傻了的。就算串成了，你想，它能上，别的玩意儿也能上啊！三年五年它走了，后头又不定来个啥玩意儿，顶不顶，那就不是你说了算的了，你说吓人不吓人吧？'地马'的魂魄都不全，'仙'得来的好处，还能和'地马'有啥关系啊？它收走香火，算是修行了，'地马'赚的那俩钱，还不够将来买药的呢。

"串完了窍，它还要养'堂口'，就是搁阴间招兵买马，等真上了你的身，好有办事的'腿儿'，到'地马'真能给人看事、给人干啥了，那就叫'出堂'，人就成了'出马仙'了。咳，就是那些个玩意儿吧。"

孩子的问题依旧不停："我看跳大神的都是'趴'一下摔地上，然后就变大神儿了。过一会儿一哆嗦，又回来了，那是咋回事儿啊？"

瞎爷:"那是咋回事儿?那是因为没有个好'二神'!'大神'附体,搬杆子连说带唱,请神送神,那是'二神'的事儿。现在江湖乱道,就剩下一个人儿在那儿舞扎(手舞足蹈),吊死鬼儿抹胭脂——挺着浪!那还不一个跟头摔地上?刚摔完,一说该收钱了,马上又醒过来,跳也跳不明白了!

"要是真想灵验,'地马'还真是啥也不知道的。那种'出马',人根本受不住,折腾几回,元气就没了。真厉害的'仙',不伤人性命,就是少。它能让你直接开天眼看物,想让你看多远,你就能看多远;想看啥前儿的事儿,就能看啥前儿的事儿。"

孩子随口问:"瞎爷你看过吗?"

瞎爷被气乐了:"我一个瞎子我看啥?我要能看一次,死了也乐意!"

于是,就在这样的一问一答间,精神和仪式的再度简化完成了。

六指

文_王选

一

我去六指家闲逛。

六指是我们麦村里唯一一个没有外出打工,留守下来的八〇后。他孤身一人,父母早亡。他的左手小指一侧多长了一根细短的手指,像根小树杈,我们叫他六指便是这个原因。三十五岁,光棍是打定了,当然,就目前的情况来看,他也压根就没指望给自己娶个女人。

六指不在家,大门虚掩着,我进门,喊了几声,无人应答,又退了出来——六指是从来不锁门的,反正家里没什么像样的东西,最值钱的也就他这么个人了。再说,他家也是我们一村年轻人的窝点。逢年过节,我们要是回家,哪里都不去,就在他家,盘腿坐在土炕上,盖着他那床污垢厚得能用指甲抠下来的被子,围一圈,喝酒、打扑克、谝闲传、睡大觉、说梦话——他要把门一锁,我们倒不方便了。

过年时,六指站在地上,给我们倒水,水杯里一层茶垢。他把十几元一斤的茶叶往杯子里捏了一小撮,有人嘲笑:"六指,你舍不得吗?你数一下,放了几根。"

六指嘿嘿一笑,说:"没钱买,有几根就不错了,不像你们,在城里挣大钱,不是当官,就是当老板,我这个老农民能跟你们比吗?"

"你现在在咱们村里是活神仙啊,当官、当老板,跟你比起来,一个天上一个地下,不是一个档次。"

六指又捏了几根茶叶放进水杯子里,茶叶漂在上面,沉不下去,接着说:"神仙虽然比不上,但清闲,这是真的,不像你们城里人,一天忙得跟狗一样。我这人,就爱清闲,到城里去,人太挤,到处是人,我看着就麻烦,再说还要挣钱,力气活我不爱干,脑力活得看脸色,我是个看脸色的人吗?明显不是,我是个有面子、有尊严的人。"

我们哗啦啦笑了,没有说啥。

六指接着说:"再说,城里除了空气和放屁不要钱,干啥都要钱,不是人待的地方。我在麦村,出门青山绿水,进门热炕枕头,爱干啥干啥,不花一分钱,不看一点脸色。虽然不种地,但有吃有喝,虽然不出力,但穿衣不愁,我就爱这生活。"

有人开玩笑说:"前几年,你留下,是守着村里的小芳,后来小芳走了。现在,你留下,怕是惦记村里的鸡吧?"

"放屁,村里现在冷清得跟鬼脊背一样,哪有鸡?人都走光了,鸡毛都找不下几根。我现在不走,除了当神仙,过逍遥日子,还有一点,就是给你们把后路守住,万一村里被野猪占领了,你们回来,连个撒尿的地方都没有。"

我们又哗啦啦笑了,我们笑得很奇怪,笑得五味杂陈,笑得心里像捏了个疙瘩。

我说:"别扯那么远了,喝酒,一起给六指敬两杯,一杯敬他的逍遥自在,一杯敬他给咱们看守门户。"

我们就这样喝开了,六指上炕,端起酒杯的时候,第六根指头,戳在空中,像一根刺。

二

我在梁背后的水泥路上,碰见了六指。他像个老干部一样,手搭在背后,站在路边,眺望远方。远方依然是茫茫山峦,层层叠叠,像洋葱一般,难以剥开。我不知道当六指眺望远方时,他在想什么。就像麦村人永远搞不懂他死守在这里究竟是为什么。难道仅仅是他在喝酒之前说的那样吗?好像是,也好像不全是。

他是个古怪的人,难以捉摸。

村子所有的年轻人,都出门了。有的远在北京,开理发店;有的远在广东,在玩具厂;有的远在天津,当KTV服务生;有的在兰州,饭店里端盘子;有的在西安,摆夜市。但大多在天水市,开出租车、承包工程、干临时工、开饭馆、卖衣服、搞装修、当保安、当老师,等等。不论干什么,反正村里的年轻人,都在外面找了一个混饭吃的活,不想去耕祖先们留下的土地了,也不想再过鸡犬相闻的乡村生活了。

唯独六指还留着。

若说他是在坚守着最后的乡村,这绝对不可能,也显得矫情。他和我一样,才没那个情怀呢,再说也压根就没那么高尚。在村里人眼里,六指,就是个没出息的:你看人家世平的娃,今天不到二十,外面打了两年工,就哄来了一个媳妇,现在娃都怀上八个月了;你看小灰,在外面摆地摊,没黑没明,挣了五六年,城里把房也买下了;你看大牛娃,在市上上班,没几年,人家就混成副科了,走在人面前,腰杆子伸得铁锹把一样直。你说你六指,腿又没瘸,手又没断,腰又没折,人又没傻,不出去外面挣两个钱、哄个媳妇生个娃,成天窝在麦村这个土坑坑里,有啥意思?

六指也说不清有啥意思,反正他就不爱进城,他是麦村唯一一个不爱城里的年轻人。他家有五六亩地,离村子近,又平整,还在路边上,随便种点啥,肯长,收割也方便。可六指就是不种,一来怕出力气,二来没有务农的经验,三来他对啥事儿都抱着一种得过且过的心态。自从他父亲过世后,这么些年,地就那么一直荒着,最后被流转了。流转了之后,这可美死他了,他能名正言顺地不种地了。村里人再说闲话,他也有理由了,甚至很不客气地回一句"反正也没地了,不能怪我",表明自己的态度。

可一个庄户人,你不种地,又不打工,靠啥生活?这是个问题。

对六指来说，这真不是问题。在麦村，他早已摸索出了一套属于自己的生存方式。虽然日子过得并非如鱼得水，但也至少不会皱皱巴巴。

三

一个村庄，百十来户，虽然走了不少，但留下的一小部分，还要过油盐酱醋的日子，不可能锁门关窗。村子是一个小的社会圈子，只要是个小社会，多多少少，就会有一些集体性的事务。这些事务里，最常见的便是婚丧嫁娶。可在村里结婚的人很少了，都是城里摆一桌，最次也在镇子上，包个班车，一骨碌拉进城，席一坐，就结束了，这样简便、省事。但丧事还是不少。即便在外面过世的人，也得拉回来，落叶归根嘛。

有丧事，六指的生活也就有指望了。

过世了的人的家里，都要请村里人帮忙料理事务。村里缺青壮年，就得打电话从城里往回请——没年轻人，其他事尚能凑合，但往坟园抬人，就是个大麻烦。在麦村，死了没人抬，是件很可怕的事，骂人时，最恶毒的话就是"你死了没人抬"。

但六指是不用请的，只要一听到哪家有鞭炮响，他就两手塞进裤兜，叼着烟，循声而去。去之后，主人家没安顿啥，他就自己忙活了起来：借凳子、借锅碗、去泉边担水，帮着劈柴、放鞭炮。当然，大多时候，六指只能干些力气活，下帖、供席、帮厨、陪客这样的脸色活、轻松活，是不会轮到他的——一来他不会说话，也说不到点子上，二来是大家嫌弃他，一个光棍汉干这些活不吉利。

不过，六指对这些"讲究"也完全不在乎，他喜欢干力气活，尤其喜欢和村里的女人们待在一起，听她们扯家务事、骂男人、说荤段子，偶尔一抬头，瞟见她们松垮的衣衫里露出的干瘪胸部，他的心扑通扑通地跳了半天，然后便满足了。

六指去帮忙，一层原因是为凑热闹。平常，他一个人太孤寂，一个人睡觉，一个人溜达，一个人发呆，一个人为吃喝发愁，一个人守着空落落的院子，一个人和一群垂暮之人相依为邻。只有在乱哄哄的、人出人进的丧事上，他才是安心的、踏实的。

另一层原因，是有吃喝。平时，六指害怕动锅动碗，宁可饿着，宁可吃三天方便面，宁可跑十五里山路去镇子上吃一碗面皮，也不会进厨房自己做一点。在丧事上，活干完，亲朋一走，就可以坐席，这是他解馋的好机会。帮忙时饿了，随时都能进厨房，端个碗，舀几勺粉汤菜，夹两个蒸馍，吸溜溜进肚子；丧事完了，吃剩的蒸馍、肉、菜，堆了一库房，主人家会打包一些，让六指带走，反正放着吃不完也会坏掉。大家都知道六指就一个人，不爱做饭，还不如让他带走些。六指脚底下像安着弹簧，一颠一颠地提着塑料袋回了。接下来几天，他的嘴边上都挂着一圈油水。

所以这些年，六指习惯主动给人家帮忙，一听见鞭炮声，就像有人勾他的魂，两条腿就把持不住过去了。

我最近一次见六指在丧事上帮忙，是前年秋天。赵鹏程的祖父是留守老人，家里也不种地了。老人忙了一辈子，不种地了，反倒是闲得慌，浑身的毛病也就出来了。那天，老人坐门口晒太阳时，看见前天下了一天雨，把门口冲了一个窟窿出来，不顺眼，要修补修补，便背上背篓，提上铁锨，到后梁去背土。这一背，就再没醒过来。

六指抹黑从别人家地里背回几捆玉米秆——天冷了，他需要烧炕。当他走到后梁取土的地方，隐约看见土坑边黑乎乎的一堆。六指以为卧着一只野猪，轻轻放下玉米秆，从路边拾了一根干树枝，提在手里。当他慢慢凑近时，发现不对，试着用树枝捣了几下，也没反应。他把打火机打开，才发现地上躺着的是赵鹏程的祖父，已经奄奄一息。他赶紧叫了人，把老人抬了回去。

当然，这些都是我从父亲那里听到的。

单位事忙，像鼻涕抹在玛瑙棍上，弄不干净。但我跟赵鹏程关系好，他祖父去世，自然应该去烧纸祭奠。我搭顺风车回去的时候，六指和三明父亲蹲在赵鹏程家门口的拐角处，负责放鞭炮。在麦村，人去世，一般要停放三天，供亲友来吊唁（我们叫"烧纸"）。来烧纸的人，到门口，总管要安排人放鞭炮迎接。

放鞭炮，是所有丧事里最没有技术含量的事。夹一根烟，蹲在墙根下，看有提着花圈或者捏香蜡冥票的人来，一个人先点一串鞭炮，噼里啪啦响一阵，另一人朝院子大喊"亲戚来了"，算是通报。鞭炮声落，唢呐骤起，孝子号啕。

六指和三明父亲一个负责放炮，一个负责通报。三明父亲是跛子，干不了其他活，六指跟他搭班子。人们都笑话他俩，"一个跛子，一个傻子"。

六指看我回来，起身，调侃我说："王局长回来了，辛苦，辛苦。"顺便给我发烟，当然，烟是丧事上的，他可以尽饱抽。我不抽烟，说："你个二货，也会调侃人了。"

下午，是很少有亲戚的。这时候，六指闲着没事干，就在院子里胡打逛，麻西装背上，蹭了一层土，也没人给他提醒。他在灵堂前晃悠一下，又到库房里转一圈，又到劈柴的地方跟人抬几句杠。实在无聊，就到后厨，顺手抓一个馒头，捏一根葱，吃了起来。有人嘲笑："六指，你饿鬼掏肠吗？一天光知道吃。"

馒头撑得六指的腮帮子鼓鼓的，他呜呜着说："你们坐席，我吃的席，把把都是残汤剩饭，没一点油水，能不饿吗？"大厨端起一碗粉汤菜，塞进六指手里，说："赶紧吃，吃了担水去。"六指接过碗，说："乏得很，担不动，你让其他人去。"大厨把半碗肉片倒进六指的粉汤菜里。六指笑着说："这还差不多。"

六指抹着一嘴油从后厨出来，主持丧事的总管看到了，喊道："六指，你满院子跟掐了头的苍蝇一样，乱逛个啥？"六指说："我担水去呢！"总管才降下声音，说："赶紧去。"六指提着桶子，把最后一疙瘩蒸馍塞进嘴，走了。

三天丧事，六指有吃有喝。到了晚上，亲戚走了，留下帮忙的人，就可以消停地吃一顿了。六指早早坐下，把碗筷分好，等着吃。总管过来，又把六指收拾了一顿："你个年轻人，不知道端碗，光等着吃神仙饭。"

在红事白事上,总管的权力是至高无上的。平时就算六指再说自己"有尊严、有面子",但总管收拾他,他还是不敢说啥——他不听话,人家总管不叫他帮忙,他混饭吃的机会都没有了。

于是,六指给自己倒了一杯酒,偷偷喝了,然后钻进后厨端碗去了。饭后,有些人忙了一天,乏了,就早早去睡了。六指留下,一边守夜,一边和赵鹏程打电话叫回来的几个年轻人喝酒。大家在酒桌上胡诌,说城里的事,说乡里慢慢没人了,说再过几十年老人去世年轻人不回来,村子怕就从地球上消失了。

"咋能没人,胡……胡说,还有我呢,我……我不死,这村子……就在。"六指喝多了,满脸通红,摇头晃脑,舌头都捋不直了,结结巴巴。

"那你死了呢?"

六指愣了半天,眼珠子迟钝地转了半圈,说:"也是,我死了呢?"

"你先好好活着,先不要死,明天我把你带到城里,耍几天。"有人说。

六指趴在桌上,摇着手,说:"不去,你们城里……城里……不是人去的地方,不自由,看脸色,还是我们……我们村子……好。"

丧事结束后,村里在城里混日子的人,一个个走了。六指在村口送我们,他一手插在裤兜里,把麻西装的衣襟撩到后面;一手提着塑料袋,袋子里装的都是这几天席面上剩下的东西:蒸馍、几条半截的鱼、胡萝卜丝、两块肘子、一包大枣、几包烟、三瓶半斤的酒。赵鹏程把剩下的东西给六指装了一堆，他们家"服三"结束后，就全家进城了，吃不上，只能放坏、倒掉。

我说："六指，闲了市上来，请你喝酒。"同车的人说："六指，闲了市上来，请你洗头。"

六指说："你们这些城里人，洗个头都不自己动手，还让别人洗，城里人都是些好吃懒做的货。"那人补充："洗头，是洗你下面的头。"六指一挥手，红着脸，佯装要打，说："你个死狗二流子，太黄了。"

我们都呼啦啦笑了。

车要开走了。有人说："再见，六指，给我们把村子守好。"

四

当然，如果光靠丧事，六指的生活自然是难以维持的。好在村里还有一些其他的杂事。

比如谁家的墙塌了，要修补半天，这是力气活，村里请不下人。那家男人就会隔着墙头喊："六指，给我家帮着砌一下墙，晚上有肉吃。"六指翻下炕，趿拉着鞋，走了。

比如谁家不顺利，请了阴阳先生念经安土，六指在村里瞎溜达，听见铃铛声，便进院去，那家人也不好当着阴阳的面说啥，只好指使着六指端茶倒水，到中午，六指混一口饭吃——招待阴阳，吃的肯定不差，层层油饼，鸡蛋糊糊。

再比如，谁家拉了一架子车洋芋，从地里回来，往后院的窖里装。六指在巷道闲打逛，看见了，过来，主动帮着卸洋芋。活干完了，人情礼仪还是有的，那家人说："六指，进屋，洗手，吃饭。"六指也不推辞，进屋，洗手，吃饭。虽然是一碗酸汤，半片干馍，但至少算是把肚子填饱了。

麦村人都说，六指是干百家活、吃百家饭的。

去年一段时间，听在城里打工的村里人说，六指多了个身份：办事员。

村里去年前半年栽了好些杆子，黑不溜秋，还冒着油。一开始，大家不知道干啥用的，既不像电线杆，又不是拴驴桩。后来，才听人说，是拉网线的。电信、移动、联通，三大巨头要给麦村通网络。没过几天，真的来了一些人，背着一圈圈网线，在黑杆子上架着。

六指没事干，就溜达到电线杆下，背搭着手，伸着脖子，抬着头，吞着唾沫，看人家干活。这么看了几天，也不知咋搞的，这些公司的人和六指勾搭上了，还为六指安顿了一个办事员的职务，让他在麦村发展业务，到时候支付他报酬。

网线进了村，得有人使用啊，不然资源浪费。可麦村留下的，多是老人。老人吃个药的钱都舍不得花，谁还愿意安网线。再说，老人们拿的都是锤头大的老年机，没法上网。

这就需要六指出面了：一是动员村里的老人，花点钱，拉根网线，过年儿孙回来，让他们用，再说还能看电视，台多得很，随便挑，光唱秦腔的就好几个呢；二是通过村里的群和打电话，鼓动在外面的年轻人拉网线，虽然平时用不上，但有时回来，上网就方便多了，再说也便宜，一顿酒钱一年就够了。

六指有事没事，借着串门的由头，怂恿老人们拉网线，嘴皮子挂了一层唾沫，也没能让老人们搞清楚啥是"无线网"。每到晚上，六指就在群里发消息了，动员大家拉网线，但似乎效果并不明显，人们在群里说："六经理，发个红包，我们一定拉。"六指发了个"大便"和"地雷"的表情，说："你们城里人还缺钱？赶紧拉网线，拉了到时候过年的时候大家一起耍。"群里悄无声息了。

不知道最后六指在村里发展了多少业务，但我感觉不是很多。也不知道最后六指挣了多少钱，估计也不多。

最近，听说六指办事员的业务又繁忙了起来。这次，不是拉网线，而是干起了村子里的村委会公事。村里没年轻人，有些事，需要去乡政府跑腿，也需要在村里跑腿，老人跑不动。加之现在好多事都在电脑上操作，村里人对电脑是两眼一抹黑，啥都不懂。六指自然就成了唯一合适的人选，村干部找他说了这事后，他很高兴地答应了。

六指屁颠屁颠地干起了公事，成天乐此不疲。

听说年底六指能领到一笔工资。也听说六指爱给乡政府打小报告，村里人愈发看不起他了。

五

当六指正眺望远处出神时,我喊了一声:"晚上喝酒走。"六指看见我,用两只手把灰旧的麻西装衣襟拨到后面,把手塞进裤兜,露出领口酱黑的白衬衣,迈着八字步,朝我走来。

"你咋回来了?"

"五月五过节啊。"

"过啥节啊,你看这庄里,死气沉沉的,哪有个过节的样子。"

"没事干嘛,回来转一转。"

"你给我提礼物了没?比如粽子啥的。"

"你家伙,才干了几天公事,就开始索贿了。"

"啥狗屁公事,不干了。"

"这不干得好好的吗?"

"好啥哩,看脸色得很,动不动挨乡政府那帮人的骂,嫌这不合适那不合适。光把我折腾死了,我一年能挣多少钱?受他那气,我不干他那事,也饿不死!再说,我也是有尊严、有面子的人。"

我拍了拍他的肩膀,又拍了拍,不知该说什么好。

他突然问我:"到城里端盘子一月能挣多少钱?"

"两千过点,想打工了?"

"没有,随便问问。"他摇了摇头,那头油腻的三七分,全乱了。或许是起风了。

他说:"走,喝酒去,日月长在,何必忙坏。"

需要被看见的母亲

文 _ 团子

一

二〇〇八年,位于扁担河畔的老家小村土地被征用,村民集体拆迁。短暂的过渡之后,村民们搬进了小镇的安置房小区,开始了"城里人"的生活。

小镇工业发展势头正猛,工业园里随处可见的大烟囱常年浓烟滚滚,厂房里不分昼夜地传出隆隆巨响。年轻人欣喜过望,大感生活和时代的进步;中老年人却抱怨,举目四望皆是高楼,连风也变得不畅快,四处碰壁。

"被赶进这水泥钢筋里,像被圈起来的牲口,实在憋得慌。"刚从农村搬进小区时,母亲常把这话挂在嘴边,逢着小村相熟的阿姨拉起话来,就抱怨几句。与母亲一样,在农村过了大半辈子的妇女们要么附和几句,要么无奈地调侃:"搬进小区就是城里人咧,不做田咧还不快活噢。"

彼时大姐已经嫁人，二姐在镇上的工厂上班，我高中在读，租住在市中心的学校附近。我第一次在已经四十六岁的母亲脸上清楚地看到焦虑和担忧。在父亲凭木匠手艺在外讨生活的年头，母亲成了家里种地的主力。家里家外、田间地头待了大半辈子的她，生活习惯甚至血液和生命早已与土地捆绑在一起，突然被迫与土地割离，就像猝然断线的风筝，她不知该往何处去。离开土地的母亲成了一名家庭主妇，但在她的生活观里，从来都不肯定家庭主妇的价值，她觉得一个女人整日围着家务打转实在"没用"。

"家里这么多张嘴，全靠你爸怎么行？我有手有脚，又不是不能做，挣一点是一点嘛。"母亲总这么说。

拆迁没多久，母亲就从小村田间地头的一株植物转身变成了小镇工业园里的一颗螺丝钉。搬进安置房小区的妇女们大多成了工厂里流水线上三班倒或两班倒的操作工，上了年纪或没文化的则成了厂房里、车间里的清洁工。母亲也找熟人介绍，进了工业园一家染织厂做清洁工，月工资只有几百块。为了得到这份工作，母亲还搭进去一只鸡、两条鱼、一条烟和一瓶酒。我进去过母亲所在的染织厂，看她戴着白纱纺成的帽子和口罩穿梭在流水线间，身影被车间里肉眼可见的棉絮、粉尘淹没。她却遥遥地示意我——你看，这活多轻松，一点也不累。

几十年泥巴糊天的农民生活，早已把沉默刻进了母亲们的骨血深处，她们从不尝试表达和阐释生活，只忙于应对。她们总喜欢互相调侃，"搬进小区了也不会享福，还一天到晚忙得不得歇"；

但她们也心有戚戚,"生来是把贱骨头,哪个是享福的命哪"。

二

波德莱尔的诗说:"生存是一种痛苦。这真是尽人皆知的秘密。这种痛苦既不神秘,又非常单纯……"可能用我母亲的话说就是:"人哪,这辈子没有抻坦①的时候,一旦抻坦了,也就离死不远了……"

即便"做梦也没想到能过上不做田的日子,不用再起早贪黑、栽秧收稻",母亲这颗螺丝钉也没能长久钉在工厂里——一旦家庭有需要,她又成为唯一的"救火队员",甘受生活和家庭的驱使。

二〇〇九年,我将参加高考,应我要求,母亲二话没说就辞了职,成了我的陪读。我的一日三餐和洗洗涮涮,成了她的生活主旋律。那时我从没有站在母亲的角度考虑过这样的生活变化对她意味着什么,甚至还因为青春期的情绪波动经常发脾气,抱怨她。她沉默地接受了一切,关心着我的情绪和压力,日复一日把十来平方米的小出租屋收拾得干干净净、井井有条,变着花样用香喷喷的饭菜安抚我。

高考结束那天是个雨天,父亲租了一辆小面包接我们回家。从出租屋搬回家的行李中,母亲的手工活成品居然比我的学习资

---

① 舒服,舒坦。——编者注

料还多,都是她闲暇里织的毛衣、线衣,做的拖鞋、棉鞋。我浑然不知母亲度过了怎样一段枯燥又小心的陪读生活。

这年暑假,还没等我的高考成绩发榜,回到小镇的母亲又开始四处打工了。她有时跟着父亲早出晚归去工地做小工;有时早起去菜市场、糕点店打零工,做些清理牲口、炸小面点的活,哪怕每天只有几十块的收入,她也乐此不疲。"有一点算一点。"她念叨。

后来,母亲又辗转回到她之前所在的染织厂。相比零杂工,她说她更愿意待在工厂里,收入虽微薄但稳定,而且有固定的时间安排,她能照应到家中里里外外的一应家务。

即便我去了广东读书,二姐结了婚,母亲在小镇的生活仍旧是一刻不停地往前走着。那几年可能是母亲最轻松的时候,偶尔她还会被老家小村的阿姨们勾去跳跳广场舞,享受一下"城里人"生活的惬意。

那会儿,我在电话里打趣问她:"妈,你跳广场舞的时候,有没有腿陷进秧田里拔不动的感觉?"

她则会嗔怪我:"噢,你以为你妈这辈子就是做田的命咧是吧?我唉搞①就不能跳广场舞咧!"过不了片刻,母亲转而就笑着向我露了底,"不过,我跳得不一样,是佛舞,不是她们那种蹦蹦跳跳的……"

我上大学的那几年,小镇围绕着几个安置房小区陆续建起两

---

① 怎么。——作者注

个商业广场和中心新城，小餐厅连成片地开业。夏天的烧烤摊、冬天的火锅店整晚腾着热气，大有将小镇的夜空描成白昼的架势。KTV、洗脚店、按摩店一家接着一家闪亮起 LED 的招牌，店员们到处散着"开业大酬宾"的小广告，新开的两家大超市、一家电影院，成了小镇年轻人经常出入的地方。

姐姐偶尔拉着父母去吃火锅，母亲总是惊讶于火锅店里每盘菜的量与价，当着服务员的面吐槽："这一盘莴笋就这么点？这就几片肉，要二三十块？"

电影院刚开业时免费开放一周，父亲拉着母亲去了趟电影院，母亲却说："里面黑漆漆的，叫人冲瞌睡，还是以前生产队组织在大操场看的电影生劲①！"大超市刚开业时很多商品打折，母亲又抱怨起自己"斗大的字不识一箩筐"，说外婆当年没让她念书。

宝马、奔驰的 4S 店在 205 国道边落成后，成了小镇人津津乐道的地标，小镇甚至有了"宝马乡"的别号。安置房小区里的私家车多了起来，两家相距不过三公里的大酒店也开始动工。

这一切新气象，与小镇工业园隔着一片安置房住宅区两相辉映，像是一对隔着机身相望的机翼，载着小镇人民的生活从这片土地上起飞。

母亲在小区里的生活渐渐规律起来。虽然厂里的"长白班"从早上七点到下午四点，但她一般天刚放亮就起床，洗衣、煮粥、

---

① 过瘾。——作者注

买菜；下班回来就准备晚饭，早早和父亲、奶奶吃完晚饭，收拾完碗筷，便投身到她的广场舞里去；跳累了回来睡觉，睡醒了再开启新一天的循环。

对母亲而言，按部就班也许是一件幸事。

三

二〇一二年，二姐添了个儿子，二姐夫的父母早年离异，带孩子的事落到母亲头上来。为了方便照顾孩子，二姐一家还买了一套安置房，搬到了母亲隔壁的单元楼。

听二姐说，母亲起先并不愿意帮她带孩子，因为母亲早前就反对她的婚事——二姐夫是单亲家庭，二姐嫁过去没有婆婆，操持一家子的大小事没有帮手，包括以后生孩子、带孩子。但母亲最终还是在二姐、二姐夫的恳求下点了头。家庭、子女的需要，再次不由分说地支配了她的生活，和小镇很多中年妇女一样，帮儿女带孙子好像是她们的分内之事。

母亲又辞了职，成了带孙子的家庭主妇。重回家庭主妇生活状态的母亲仍然不想显得"没用"，于是开始寻找空地开荒。按她的想法，如果挣不到钱，种些蔬菜瓜果，也算对家庭的一种贴补。

安置房小区里的绿化带和周边闲置的土地，几乎全都被居民们开了荒，种上了应时应节的蔬菜，即便杂草丛生、荆棘满布的地方，也都被种出菜来。等新鲜蔬菜上市，妇女们便拿到早市路边卖，换一点零用钱。更现实的问题是，给子女办婚礼、买新房也耗尽了很多家庭的存款，一次性的拆迁补助并不能安顿他们一生，唯有土地在回应他们年复一年的索取。

街道办无法浇灭这场开荒之火，不少铲平、推平菜地的举措还惹来了谩骂和纠纷。母亲因为"家里有党员"的顾忌，不敢明目张胆"搞破坏"。想到严重的环境污染使得小镇工业园的扩张和蔓延受到了遏制，原先作为工业用地被征用的老家小村一直被荒废，她骑着电瓶车回到距离好几公里的老屋子附近，费了大力气清理掉野草和杂树，终于开垦出一块满意的菜地来。

外婆在世时说，那段时间母亲像萤火虫一样，白日里见不到影。除了琐碎的家务，母亲把每天大部分空闲时间都用在了菜地上，锄地、浇水、点籽、施肥……甚至常常背着二姐的孩子下菜地。

很快，越来越多的老乡回到小村开荒——因为污染，小镇工业园的许多工厂面临频繁的检查，多次被勒令停工、整改，有的厂子开始裁员，有的甚至直接关门倒闭。整个工业园渐渐显出颓势来，越发老气、陈旧、落后，就连高耸的大烟囱都在雾霾里疲软下来。工厂的不景气直接影响了大批在工厂务工的小镇居民家庭收入，开荒自然也就成了他们不得不采取的生活补偿手段。

不过，过上"城里人"生活的年轻人好似再也回不了头，他们依旧陷在烧烤摊、小饭店、KTV、棋牌室的灯红酒绿中，也在其中沾染了不少酒气和赌瘾。难以戒除的赌瘾渐渐把不少家庭抽干了，暗地里哄闹许久的小额贷款也集体炸了锅，一夜间蒸发了无数家庭的存款。小镇魔幻般地上演着一出出"子债父偿"的戏码，不少父母卖房卖车替儿女还债。在外地工作的我，时常接到儿时玩伴借钱的电话，也听母亲在电话里提起一些儿时玩伴因为沾了赌瘾和贷款败了家的消息。

不知从何时起，离婚也成了小镇上一件"风靡"的事，隔三岔五就能听到谁谁离婚，甚至是二婚又离了的消息。离婚已不再是一件难以启齿，甚至需要遮羞的事，不再是一个人不堪的痕迹。年轻人即便离婚，离了再结，结了再离，依然过得逍遥自在，根本就不像长辈们说的那么难堪。至于长辈们的批评和教诲，大可当作耳旁风。

在小镇奇怪的风气里，母亲警惕着自己子女的一举一动，也本本分分地做着自己，打理家务，带着孙子，种着蔬菜瓜果。她以为，只要她不搭理这些闹心事，它们自然就不会找上门。

四

二〇一六年，二姐还是把离婚的想法摊在了母亲面前。

母亲看着二姐越来越好的生活，看着半大的孩子，极力劝阻二姐，甚至不止一次地破口大骂："离婚？你还反了天，你想唉搞就唉搞？不行！不能离！"骂过后，母亲又会苦口婆心一番："丫头啊，婚不能离啊，你俩好不容易有今天，小别①也才这么点大……

---

① 对男孩的称呼。——编者注

离了,苦了小别也苦了你自己啊……"

母亲也让我劝二姐,根本没有过婚姻经验的我,毫无底气地和二姐说着婚姻里该有的宽容、理解、忍让,也尝试着问她和二姐夫之间的矛盾。

"就是过不下去咧!"二姐的回答足够干脆,她提到他们之间的琐碎和矛盾,彼此对婚姻和生活的质疑和愤怒。

"爸妈肯定不能同意你离婚。而且,你有没有想过,离了之后孩子怎么办?你自己又怎么办?"我只能搬出谁都会劝的一套说辞。

二姐却依旧笃定:"涵涵我要,继续让妈带,我自己以后就靠自己呗。"

"你说得倒是轻巧。妈能同意吗?"我知道二姐在小镇工业园的工厂上班,月收入不过三千元。

二姐不能确定以后,她的婚姻也继续苟延残喘,直到被二姐夫打了一次之后,她再也忍不下去,甚至还闹出了一次双方家庭调解。双方的家人都在场,七嘴八舌地指责和议论,母亲当着所有来人的面,只说了一句:"我这丫头我不少骂,但是我从来没动手打过她一次。"

等二姐夫的家人走后,母亲依旧劝二姐不离婚,但她不再骂,只是无奈地劝。

事情不如她所期,二姐还是离了婚,孩子跟了二姐。母亲没多说什么,依然帮二姐拉扯着孩子,种着自己的菜地,只是往土地庙里跑得更勤了些。

小镇的一切现实正疯狂地撕扯着上一辈人固守的价值观念和生活状态,安置房小区里、大路上,口眼歪斜、半身不遂的病人也越来越多,有的就是以前熟识的乡亲。

母亲话里话外把矛头指向如今生活里的环境污染和精神污染,但她双脚却不停地迈进土地庙的门槛,迈进神婆的家,双膝把土地庙、神婆家的蒲团跪出深深的凹陷。她把最朴实、最诚挚的愿望寄托在那里,替儿女们、孙子们祈福,保佑他们健康平安。她也更加频繁地操心起我的婚姻、二姐的未来,甚至找瞎子算命,以求得一些心理安宁。

母亲已经摆脱土地将近十年,但思想与信仰依旧与土地、与神佛割裂不开。安置房小区里无数的拆迁户亦是如此,小镇安置房小区外一直耸立着的那座土地庙也因此香火旺盛。

庙坐落在安置房小区南大门东侧的空地上,起初只是刚搬离农村的农民用砖块和水泥草草砌成的一方小庙,高不足一米。后来,不知是谁把土地庙扩建成了高近两米、占地几平方米的一处小建筑,庙门前还铺了水泥地,砌成了一个小广场。等到引起社区重视的时候,土地庙的香火已经日夜不断,每逢初一、十五,还会有人来上些供品。

二〇一六年年中,母亲的左腿无故水肿。以往,母亲身体有恙,一定会咬牙挺到身体自动恢复,从不轻易就医。而那次,她的左腿疼痛实在无法容忍时,她却先去找了神婆,烧了几道符水喝下肚,又去土地庙拜了神，等着病见好。如此熬过两天，她的左腿已经痛到无法支撑走路，最后才去了医院住院。

事后得知原委的我，气不打一处来，本想冲她发一顿脾气，但看母亲低着头，明显已有了几分悔意，我收住了脱口的埋怨——无论如何，我知道自己无法打消她根深蒂固的思想和信仰，更无法将"愚昧"二字甩在她面前，我不能要求母亲在她经历过的生活中建立起新的世界观。毕竟，母亲没受过教育，也几乎没走出过我们的小镇，她的日常生活半径也仅仅是家到菜市场、家到菜地的距离。

她依旧要面对生活中无尽的琐碎和无尽的付出，我也不知，她的精神和信仰该安于何处。

五

母亲左腿痊愈出院之后，外婆搬到了我家来。

原先，外婆一直独居在农村，身子本就单薄，又大病小病缠身无人照顾。五个儿女各有难处，最后，赋闲在家帮二姐带孩子的母亲，不得不把她接到了我们这个安置房小区来。

五十四岁的母亲，要帮二姐带年仅四岁的孩子，家里有年逾八十岁的外婆，还有已经九十三岁高龄的奶奶需要照顾。老的老，小的小，母亲整天只能围着他们转。一日三餐，还有一应琐碎的家务和她不肯放弃的菜地。母亲不但和奶奶存在旧有矛盾，和外婆也难相处得来,但她还是把家打理得井井有条。

每每得空回家的酒桌上,我总想变着法替母亲叫两声苦,好让她知道有人体谅她、理解她。但她总会自斟自饮,不抱怨父亲,不埋怨儿女,也不责怪她的兄弟姐妹,只自我开解道:"两个老的还能活几年呢,我又还能跟她俩计较什么东西呢……"我能感受到母亲这番话背后的辛酸和无奈,却不知如何才能让她在这个小镇里、在这个家里过得好受一些。

两年后的一个夜晚,我接到父亲的电话。电话里的父亲很冷静,语调也很寻常,但开口却是问我周末有没有空,有空回家一趟,因为母亲在家闹离婚。

我蒙了。以前即便父母有过争执,也不会闹到这种地步,即便他们争得再激烈,也从不轻易告知在外工作的我,以免我挂念和担心。但这次,父亲开口却是要我回家,我知道问题可能已经严重到不可收拾的地步。

那个周六,姨娘们、舅舅们全都赶到了我家,大姐和二姐也都回来了。全家弥漫着诡异的平静和客气,母亲依然用惯常的语调和嗓音迎接我回来,但她的眼神却失了往常的神色,我从她的眼眶里知道她哭过。

母亲依旧忙里忙外张罗着午饭。而在饭桌上,父亲母亲一言不发,听着所有人的劝:"活到这把年纪了离什么婚""老的老,小的小,你不照顾怎么办呢""女儿侄儿离婚就算了,你再离婚不是让人看笑话嘛"……类似的话在饭桌上跌来撞去。大姐附和着姨娘们的劝，二姐坐在沙发上没有哭声地淌着眼泪。

最后，母亲一声不吭地点了点头，表示听了众人的劝，打消了所有人的顾虑。母亲点头容易，可她继续面对的处境和生活却不易。我不知母亲点头前，吞下了多少情绪和苦痛。就连二姐自己接送孩子、照顾孩子的打算，她也没答应，所有的事情依旧落在她的头上。

众人散去，在仅有母亲、父亲和我的餐桌上，我问母亲："妈，是不是老的老，小的小，太累了……"

我清楚地记得，我问完后空气里凝固着的安静。

父亲不说话，母亲呆了半晌，鼻头一酸，眼睛里滚出两行泪，但她把哭腔咽了回去："小别哎，你真是不知道，两个老的有多糟蹋人。你奶上完厕所马桶圈上经常糊着屎，被单上时不时也沾上，老痰就往地上吐……我还不能讲，我一讲，她在楼下逢人就编排我……我刚来你家做媳妇的时候，她对我是什么样……算了，这话跟你讲不上。你家奶①……也没好到哪儿去。那么多儿女一个不管……说起来也是我自己老娘……你爸，你爸倒好，一点不帮我……"

"都这么大年纪了，还能跟她们计较什么呢……"父亲的声音不大。

"是，谁都会这么光凭嘴说！是啊，跟她们没的计较，那我

---

① 外婆。——作者注

就跟你计较!"母亲对父亲不依不饶。父亲还想说点什么,但看看母亲,还是罢了口。

记忆中,我第一次听到母亲这么多的抱怨。我知道,还有很多关于家里的、亲戚间的、儿孙的情绪和苦痛被她咽了下去。这次闹离婚也是母亲一次积压的情绪大爆发,她再没别的出口,她只能和父亲闹,也闹给所有人看,让别人看到她面对的琐碎和她的付出,兴许这样她能好受一些。

但闹完之后,所有人劝劝她,表示完理解和体谅,又拍拍屁股走了。剩下她独自一个继续面对,不知何时是个头。

那个冬天,外婆不慎摔了两跤,摔裂了髋骨,出院后状态一天不如一天,只得整日萎在床上。年前,外婆被送到了舅舅家。① 一个清早,去给外婆送棉被的母亲,看到的却是只剩了一口气的外婆,勉强穿上寿衣后,外婆便撒手走了。

母亲的生活依旧停不下来。

没多久,纵贯南北横穿小镇的轻轨开始施工了。依靠工业园和新城商业区飞升不成的小镇,像是改换了一条地上出走方案。安置房之外的中心新城几个商品楼开售,与安置房小区仅一条马路之隔的政府廉租房小区也即将完工。一度烂尾的两个大酒店也重新动工。

小镇人民的生活又有了新的起色。

---

① 按本地风俗,母亲得死在儿子家。——作者注

六

二〇一九年四月,我和女朋友打算结婚的消息,让母亲一顿饭豪饮了半斤白酒,母亲说从来没这么开心过,总算又了了一桩心头事。母亲常说,让"老的上山,小的成家"是一个人一辈子的责任。她还私下跟我说:"涵涵大了,照应起来不费神了。等你有了小家伙,只要你俩不嫌弃,我也可以帮你们带大。"

彼时的二姐和新男友的生活逐渐稳定下来,孩子在回迁房小区新落成的小学就读一年级,日常照应仍由母亲负责。稍觉空闲的母亲又在二姐孩子就读的新小学里找了一份稍轻松的清洁工工作。

付出早已成了母亲大半辈子的习惯,为家庭,为老人,为儿女。即便在越来越强调自我、强调个性的社会和人世里,即便在拆迁搬进小区的十几年里,她依旧任劳任怨地付出着。

以前,我曾大言不惭地尝试教母亲在她寻常的日子里过出自我,过出自己的生活,学会享受自己的时间和空间,却不知这个家曾不由分说地一次又一次剥夺了她的时间和空间,而她根本没有选择的余地。她早已把自我付出给了我们和这个家,慷慨又干脆,一点一滴也没剩下。

她哪还有什么自我,哪还会什么自我。

二〇二〇年春节,我和媳妇在家足足待了一月有余。大姐在婆家回不来,住在隔壁单元楼的二姐倒是时常来串门。父亲工作所在的建筑工地无法如期开工,和我们一样,统统歇在了家里。

而母亲却整日笑盈盈的,每天从冰箱里、菜地里变出新花样,把餐桌变得丰盈而可口。

二月底,我跟着母亲去了一趟她的菜地。电瓶车从小镇穿过成片已经显得老旧的厂房,辗转几条马路、石子路,下到一条河埂。我跟在母亲身后,从田埂穿过成片已经开始抽薹的油菜,在一个水塘边见到了母亲垦荒的菜地,或方或垄,或长着蔬菜,或蓄着地力,秩序井然。

母亲此行是来挑野菜[①]的。我在家待得憋闷,嚷嚷着要过来帮忙。母亲把先挑到的几棵递给我:"喏,这就是野菜子。"除了给出实物参照,她没有再多的言辞帮我从遍地杂草中辨认出野菜来。等她挑了满满一塑料袋时,我才捧着一小把给她看。她苦笑着从中捡出一棵又一棵来扔掉,历数道:"这红眼珠草,开小蓝花,野菜嘛,是小白花。这鸡爪子草,这老鸭子草。这羊子鼻涕,叶边像锯齿,和野菜不一样……嗯,这几个是野菜。"末了,还回我一句她常对我的调侃"你念的什么书,这都不知道",和一个继续佝偻着的背影。

我一边感叹这些杂草粗鄙草率的名字,一边又惊讶这些几无区别的野草原来在母亲眼里竟如此千差万别。这遍地的草,在她眼里就是"斗大的字",只不过这回换我"不识一箩筐"了。

"喏,这不是你说的冬寒菜(冬葵)嘛。""这不是你爸说

---

① 指荠菜。——作者注

的红菜薹嘛。"母亲并不抬头，只用手中挑野菜的小铲子指指别家的菜地，把我们之前在饭桌上聊起过的蔬菜指给我看。不时地指着一片蔬菜地考我。

遇到认得的蔬菜时，我便心生骄傲："这茼蒿啊！""芫香菜（芫荽）谁不晓得！"遇到不认得的蔬菜时，我便岔开话题："你种这么多菜干吗呢，不够累的。"

她不管不顾，反问我："你俩今年夏天回不回来？到时候我个菜地里的茄子、大椒（青椒）、洋柿子（西红柿）全熟了，够吃一夏天。"她还指了指不远处的木架，"那块地点上籽，过段时间爬满藤，到夏天能结出吃不完的葫芦、瓠子。"母亲的语气，像是已经看到了她规划好的丰盈的夏天，而我对着眼下仍显得空荡的菜地，想起儿时暑假，母亲总能从菜地里提回满满一篮子的五颜六色。

也许在小镇的安置房小区里，在泥潭般的生活琐碎里，这满眼紧贴地平线的蔬菜瓜果才能缓解、慰藉母亲的苦痛。对于做了大半辈子农民的母亲而言，十几年的"城里人"生活中，唯有做工挣钱、开荒种菜、烧香拜神，以及对儿女们的牵挂和希望才能帮她度过漫长的琐碎。

我曾不止一次地在很多事上劝阻过母亲，比如她去老家开荒，去工厂里做工，去土地庙烧香，但每次都无果而终。母亲嘴上应付着我，私底下依旧我行我素，与我每次应付她的关心和教训如出一辙。

我现在不再过多干涉她的行动，转而夸她种的菜好吃。野菜和肉末包的饺子好吃，芝麻香油拌出来的野菜更香、更好吃。母亲坦然接受着关于她的蔬菜的赞扬，露出几分骄傲，因为在这方面，她有十足的实力与自信。

三月初，我和媳妇离家之前，母亲准备了香油（她自己种的芝麻榨的油）、菜籽油（她自己种的油菜籽榨的油）、香肠（她自己灌的肠）以及清理好的散养鸡、野生鱼，她自己腌制的菜瓜、拌的酱菜等等，包裹得妥妥当当，让我们带走。

除我们又将离家外，还有一件事让母亲皱了一天的眉头——小区门口的土地庙被街道办强制拆掉了。听母亲说，就前日里一瞬间的事，如今只剩些零散的砖块、水泥块遗落在原地。母亲捡了三块石头回来，在一楼外墙的墙根处，以两块为壁、一块为顶，搭成了一方小小的土地庙。

我没再劝阻她，心想，夜里，清凉的月光淋下来，她也该能睡得踏实些。

二林买房记

文_支离疏

一

我出生在东北的一个普通的小村庄里，全村只有七十多户人家，家家都很穷。

邻居有一双儿女，大女儿叫丽芳，小儿子叫二林。二林大我三岁，我俩从小玩到大，丽芳姐对我也很好，但凡她家做点好吃的，都会送来和我一起分享。村里孩子一起做游戏，她也总护着我。

丽芳姐长到十几岁，和本村的一个少年谈起了恋爱，她父母却坚决反对。听说是嫌弃男方酗酒、不务正业，而且家里也很穷。在一次私奔未遂之后，倔强的丽芳姐跳进了离村子不远的"洋井"里——这是当年日本鬼子留下的。

后来二林跟我说，在丽芳姐的遗体被送回家之前，他怎么都不相信："明明前两天还好好的，怎么会说没就没了呢？"

"我姐抬回来之前，我一直寻思要摸摸她的脸，我以为肯定还是温乎的。结果我去摸,冰凉冰凉的,我才知道这辈子再也见不到她了。"

丽芳姐去世后,她母亲因悲伤过度,愁垮了身体。她父亲身体本就不好,家里的经济条件每况愈下。二林很懂事,他初三没读完就主动提出要辍学外出打工。父母看着家里的境况,只得同意。

一直以来,我们村的耕地都不多,如果按人头分,每人大概可以分得三亩左右。所以来自土地的收入非常有限。除了个别脑袋灵光的人做点小生意脱了贫,村里绝大多数男人都只能在农闲时去县城打零工补贴家用,大家手头都没多少余钱。

那几年,既没学历又没一技之长的二林走了很多地方,从天津的水果店到大连的服装厂,从沈阳的超市到哈尔滨的工地,吃了很多苦。

他在哈尔滨的工地上干活时,我正好在那边读大学,去看过他几次。那天,我跟着他穿梭在满是灰尘的楼房框架之间,逐个楼层打眼儿、安装线盒。到了晚上,我没回学校,跟着二林住进了临时搭建的简易工棚。

工棚里头低矮昏暗,又脏又乱,七八个男人挤在一个大通铺上。因连日劳动,大家都鲜少换衣洗澡,身上散发出阵阵臭味,我实在难以忍受。后来外出吃饭时,我忍不住问二林在这儿感觉怎么样,他却少见地严肃起来,对我说:"还行。你可一定要好好上学,别像我,完犊子、没出息。"

二林在哈尔滨干了两年。头一年包活儿的是二林的一个远亲,后几个月一直没给他开过工钱。

我去看二林时,曾几次提醒他抓紧要钱,可他总是碍于情面,不好意思开口。到了年底要回家了,二林才急了,亲戚一开始还让他放心,说年前肯定给,可年根将近,这位远亲的电话就再也无法接通了。

第二年,包活儿的变成了二林的表哥。他说要帮二林攒钱,每月只给他几百块的生活费,"剩下的钱等过年回家时一起给你"。这位表哥与我们同村,不着调的名声早都传遍了,二林却再次因为亲戚关系和表哥"包工头"的身份选择了信任。

结果,这位表哥却把二林和其他几个工友的工钱,都送给了一个女大学生和赌博机。向来好脾气的二林终于忍无可忍,和表哥大吵几架,甚至动了手。后来,还是表哥的父母出面求情,才勉强作罢。

二林原本就好酒、仗义,舍得为朋友花钱,加上也没拿到什么工钱,几年下来,依然没攒下几个钱。

二

二〇〇五年,没闯出什么名堂的二林决定回老家。此时,二十六岁的他在农村已经算是大龄男青年了,父母给安排了三次相亲,都没成功。

第一位相亲对象嫌弃二林个子小,见了一次之后就再也没了下文。二林确实不高,将将一米六,长着一张娃娃脸,看上去也很单薄,这在靠身体吃饭的农村很不吃香——但二林的力气其实并不小,他十多岁时就能像大人一样扛一百多斤的粮食了。

另外两位相亲对象更实际,她们要求二林家必须提供三间砖房,再加十几万块的彩礼。当时,二林家住的是刚翻新的"一面青"①,即便如此,还是几乎掏空了二林父母的家底。

打我记事起,我们村里绝大多数人家都是住土房,只有两三间"一面青"。一九九八年,村里才有了第一间全砖房。大约从二〇〇〇年开始,砖房才慢慢多了起来。

那年暑假我回家,二林对我说:"你知道她们要多少彩礼吗?一个十万块,一个十二万块,还要砖房,我家现在根本没钱。"

其实按本地的婚嫁标准来看,这要求不算过分。我听说过女方要十五万块甚至是十八万块彩礼的。当然无论多少,在我们这个贫穷的地方,男方几乎都需要外借,只是借多借少而已。

如果只是彩礼钱,二林父母还能勉强应付,但扒了他们刚翻新的房子重建,实在是无能为力——盖三间砖房最少需要五六万元,再加上白瞎了的翻修钱,不是一个小数目。

那段时间,二林的心情很不好,他白天很少出门,等到寒冷的冬夜,又没来由地走去三四十里之外的姥爷家。我们问他去干吗,他只是淡淡地说:"没事,就是想我姥姥姥爷了。"

---

① 房子正面由红砖砌成,其他三面用的是土坯。——作者注

后来我跟他聊天,他才告诉我实情:"我不愿见屯子里的人,他们都看不起我。"

经历了多次相亲失败之后,二林的婚事终于迎来了转机。

嫁到外县的姨妈给二林介绍了一个姑娘,叫月红。对方接受二林家的"一面青",彩礼也只要八万块。二林和月红相处了半年,就张罗着结婚了。我们几个发小还没见过月红时,就问二林:"那女的好不好看?"

二林憨笑着,脸通红,半天憋出来几个字:"不好看,胖。"我们再问他、闹他,他就死活不开口了。

二林第一次带月红回村,正赶上我放寒假在家,几个发小赶紧乐呵呵地去他家瞧。月红确实有点胖,一米五左右的身高,体重有一百四五十斤。她很敢说,似乎有点"愣",不像一般女孩第一次到男方家会腼腆矜持。

过了年,二林和月红办了婚礼,父母分了一半的地给他们种。以前外出打工的艰难和新婚宴尔的新鲜感,也让二林坚定了留在家的想法。

那时候除了少数外出读书的,村里的小伙伴们大多走着一条差不多的人生路——小小年纪辍学,要么外出打工,要么找师傅学一门手艺:修车、修手机、电焊、木匠、美容美发……等到了适婚年龄,就回家相亲结婚,然后在附近县城打一份工,或开一家小店。虽然挣钱不多,但也可以过上老婆孩子热炕头的幸福生活。

二林也想这样,他除了卖力气,别无所长。农闲时,他就在县城里扛粮食、扛水泥、扒房子，什么挣钱多就干什么。结婚第二年，二林当了爸爸，比原来更加起早贪黑地"挣命"了。

那年暑假，我经常看见二林在日落时分骑着破自行车进院子。扒房子使他整个人变得灰扑扑的，从头顶到黄胶鞋面，没有一处干净的地方。他的娃娃脸早被晒成了暗红色，头发因多日未修剪，显得异常蓬乱，两侧的鬓角炸了出来，看起来十分狼狈。

我实在看不下去，趁他在院子里洗漱时，劝他说："要不还出去打工吧，挣的也多点。"

二林秃噜了几把脸，抬头说："不去，守家在地的多好，出去也没啥意思。"

"哈尔滨今年没活儿了吗？"

"有，有也不去了，净给别人挣钱了，稳当地在家挺好。"

三

二林很少向人抱怨，他心中有一个明确的目标，就是要在村里盖一个大砖房，让老婆孩子过得更好。

其实，早在二〇〇七年，我们村就有家庭在县城买房了。这家男人有两个做生意的哥哥，资助他买了楼房，顺便把父母带去享福。第二年，又有一个瓦匠拿出攒下的钱，举家搬进了县里。

当时县城的房价并不高，在村里盖三间砖房的花费再加几万块就能买一个六七十平方米的两室一厅。

其实,村里一部分先富起来的家庭咬咬牙也都买得起,但大家却不想这么干——大家都觉得,又没有正式工作,就算住在城里,也不是真正的"城里人"。就拿先搬去城里的那两户人家来说,他们白天要回村种地、侍弄牲畜,傍晚再返回城里睡觉。每天骑车往返,累得慌。而且村里人已经习惯了出门全是亲戚、熟人,大事小情都有人帮忙的环境,去了城里不认识几个人,话都没地方说。

可就是短短几年的工夫,村里的"买楼风"竟越刮越烈。到了二〇一五年春节,我们村在县城买房的人家已经有二十几户了。砖房变得不值钱了,从前给十万元还不卖的,现在连打听的人都没有。

那年,我们几个发小一起喝酒,二林喝了很多,说起了心里的不快:"我媳妇说住够了这破房子,看那么多买楼的,也想买,还说不买楼就跟我离婚。使啥买?结婚时的彩礼钱她都给她妈了,要不她弟使啥结婚?我一天累得跟三孙子一样,家里一年能剩几个钱她不知道?买楼?买个屁的楼。"

说到伤心处,二林的鼻涕眼泪糊了一脸,把一个酒杯摔了。我们还是第一次见他这样,都傻了,不知该怎么劝,只能默默地拍着他的肩膀。

大家是从小玩到大的好兄弟,谁也不忍心看着二林离婚打光棍。过了一会儿,小双出了个主意:"二林,你得先稳住你媳妇。就跟你媳妇说,让她再委屈两三年,肯定给她买楼,好好说,不行发个誓啥的。"

那晚二林大醉，我把他搀扶回家时，月红急了眼，直接拿着笤帚疙瘩照着他的大腿狠狠地抽。她又打又骂，十分剽悍，我劝了半天才住了手。

几天后，二林照着小双教的话说，差点就跪下了，可月红不答应。二林和父母一起劝了几天，又请来岳父母帮忙，才总算让月红暂时打消了去县城买房的念头。但她给出了期限："两年后必须买，不然就离婚。"

我们几个发小在背地里议论，都觉得在农村，娶月红这种媳妇是"大忌"。二林辛辛苦苦地打工，可她除了吃喝，就是在村里的小商店打麻将，钱能攒下多少呢？

不干活不说，脾气还不好，在家说一不二，二林稍微不如她的意就破口大骂，甚至拳脚相向。

有次过年，我们几个在二林家打扑克。二林在兴头上，没注意灶台里的柴火，月红大声叫骂，还当着众人的面操起一根粗木棍，照着二林的大腿狠狠地打，把棍子都打折了。

可二林对月红却很好，几乎百依百顺。农闲在家时是他做饭，媳妇偶尔打骂，他都是以笑回应，很少对外人诉说对婚姻的不满。

所以，哪怕外人觉得二林跟月红离婚也没什么大不了的，这话却是怎么都没法说出口的。

四

没过多久,村里突然传出了一条丑闻——月红出轨了,对象竟然是二林的舅爷,比二林的父亲还要大几岁。

那段时间,月红经常去帮舅爷家干农活,不知为何,两人一来二去就搅到了一起。那天,偷情的二人被舅奶当场捉住,整个村子的人很快都知道了。

我们问二林打算怎么办,他哭着说:"能咋办啊,太硌碜了,在屯子里没脸出门了,这屯子我待不下去了。"

我急了:"你还不离婚?"

二林并没有回答我,只是双手抱着头"呜呜"地哭,又大力捶自己的脑袋。我赶紧上去拽住他,他哭得更大声了,像个受了天大委屈的孩子。

二林到头来还是没离婚。因为觉得在村子里无脸见人,和月红匆匆在城里租了个平房住。我去看他时,见到月红觉得有些尴尬。月红倒洒脱得很,热情地招呼我、开着玩笑,仿佛什么事都没发生过。

半年后,二林还是因为心疼租金回到了农村。那些日子,他不止一次地和我说,总感觉自己心里有一个大石头压着,"觉得憋屈,憋得好像要得什么大病了"。

我说那就别舍不得那两个钱,干脆搁城里住吧。二林又说城里开销太大,今年活儿也不好,"村里现在也没几个人,我也不爱出屋,挺挺就过去了"。

之后的两年,村里又有很多人家搬去了县城,有的还搬到了其他城市。当然,其中有不少人搬家是为了面子硬撑,举债也要做"城里人"。相亲市场的风向随之改变:如果男生想结婚,在县城买楼房是必须的。

这些年,县城的房价其实涨得不算快,好一点的小区价格常年在每平方米四五千块浮动,位置差的两三千块的也有。县里一直在大兴土木,原本只是"三道街"之内有楼房,如今"七道街""八道街"遍地是楼房,一直盖到了城郊的菜地。近两年甚至有传言说,距离县城七八公里的我们村子也要拆迁盖楼了。

与此同时,由于本地没有一家像样的大企业,就业岗位非常少,县城的人口开始大量外流。我上中学时,全县总人口是七十多万,而最近的一次人口普查显示常住人口只有四十多万了。年轻人越来越少,县城里位置差的小区已经鲜少有人问津。

等到二〇一八年年底,距二林给月红承诺的期限过去一年了,可住进楼房依旧是个梦。吵了无数次后,月红回了娘家,并且放下狠话:"不买房就离婚。"

二林不知如何是好,他买不起,借钱又借不到那么多。只能和我说,他不明白为什么城里有那么多没人住的房子,而自己辛苦了这么多年,却还是因为买不起房子搞得妻离子散。他痛恨自己的无能,可又无能为力。

五

痛苦的人远远不止一个,二林的父亲整日在院子里唉声叹气,经常和我父亲诉苦:"看着儿子好好的一个家就要散了,看着小孙女就要成了没妈的孩子,我却什么忙也帮不上。我没用,很对不起儿子。"

据说,二林父亲有一个哥哥,因为家里经济拮据、儿媳妇出走,自缢而亡,大家都说可能是患抑郁症导致的。二林父亲闷闷不乐的状态也持续了一年多。一天早晨,他和老伴儿说自己要到城里买种子,结果再也没有回来——他像女儿丽芳那样,跳进了"洋井",是同一个。

遗体被打捞上来的那天,二林母亲依旧不敢相信,她不断往自家灶坑里填柴火,一直嘟囔着:"快烧炕,快烧炕,让他爸在炕上躺会就好了,就活了。"二林不知如何是好,只能抱着母亲撕心裂肺地哭。来帮忙的人看见这对可怜的母子,无不落泪。

我们几个发小都很担心二林,几个人轮番安慰他。二林却苦笑着说:"放心吧,我啥事没有。我还得挣钱给我妈养老、供我闺女上大学呢。"

二林父亲去世不久,月红就从娘家回来了。这次她变老实了很多,除了做饭、收拾自家院子,很少出门闲逛,也不提买房的事了。不管怎么说,公公自杀和她想买房、闹离婚有着莫大的关系。

二林却并没有怎么责怪月红,他觉得逝者已矣,生活还得继续。

为了能多赚点,他借了点钱租了几十亩地,农闲的时候还去城里干体力活。

那次我回村,他和我说:"真得买房了,我媳妇最近虽然没明说,我能看出来,她还是想往城里搬。而且你看看,现在年轻点的,还住在村里的就剩我和张强了。张强是有肝病走不了,我不行啊。我没病没灾拖家带口地窝在村里,自己都嫌碴碜。"

二林是我们村极少有的,一直留守在土地里的八〇后。他的同龄人大多主动或被动地涌入县城、大城市,试图改变自己的人生。有的是靠文凭,有的是靠手艺,然后收获各自完全不同的人生。

有人坐进办公室成为"社畜",有人在木材加工厂被机器割掉了手指,有人随着工地塔吊的倒塌而殒命,还有的当了小偷,哪怕离开了监狱,也不愿意回来守着那一亩三分地。

村庄渐渐被城市掏空,除了小商店里有几个上了年纪的妇女在打麻将,很少能看见人影。父辈们耗尽心血盖的砖房没了人气,开始一点点毁坏,两三年之后就破败得不成样子了。菜园几乎被荒草淹没,种地的年轻人特别稀少,小乡村无法容下心,更容不下身了。

于是,留守农村的二林成了一个异类。他要接受来自各方的白眼和嘲讽,以至于无法自我认同。我理解二林,但又疑惑:"那你也没钱,咋买啊?"

二林说这两年粮价好,他那几十亩地收成好的话,刨去费用能剩个三四万块,完了再借点,"原来铁路小学那儿,去年盖了两个楼,听说太偏没人买,一平方米还不到两千块,买个小点的差不多够了"。

六

二〇一九年十月,二林终于在城里买了房。那是一个偏僻楼盘的顶楼,五十多平方米,总价不到十万块。二林求爷爷告奶奶地从几个亲戚那里借了六万块,我和小双又给他凑了五万块,简单装修了一下,二林一家在过年之前搬了进去。

搬家那天,几个朋友去给二林家"燎锅底"。二林很高兴,做了很多菜,买了很多酒。席间,他意气风发地搂着月红说:"媳妇,等着,过几年等咱有了钱就换个大房子,再好好装修装修,咱也感觉一下当城里人是啥滋味。"

月红一把推开他,没好气地说:"你可别吹牛皮了,等你买大房子,老母猪都得上树。"

我们都笑了,二林也呵呵笑,好像并不在意。

可谁也没想到,搬进新家才几个月,月红就离家出走了——半年前,她在网上认识了邻县的一个五十多岁的男人,那男人离婚多年,对她嘘寒问暖、关怀备至,还吹嘘自己有钱,承诺要娶她。

月红禁不住"爱情"的诱惑,抛下了二林和孩子,义无反顾地投入了新欢的怀抱。几天后,她给二林打来电话,说她准备嫁给那个男人,让二林不要去找她。

那些天,二林很颓丧,总是借酒浇愁。几个朋友怕他出事,没事就轮番到他家陪着。可到底还是没看住,有天我正在上班,突然接到小双的电话,他说二林酒后剁了小手指,还把断指冲进了马桶里,正在县医院治疗。

我赶到医院时,二林的手已经包扎完毕。看着他苍白的脸,我正想说点什么,他却先开了口:"她回来我也不要她了。真的,没意思,我够了,够够的了。"

"那你也不能剁自己的手指头啊!"

二林激动道:"我剁手指头?我还想死呢!我想死,你知道吗?活着太憋屈了。"

我们怕二林再干出傻事来,就把他送回村子,让他母亲盯着。等过了些日子,我再回村看二林,他的状态好了一些。

他又对我说:"放心吧,我不能怎么样。我死了,我妈和我闺女就都完了。"

不到两个月,月红回来了,说想和二林继续过日子。原来,那个男人也是农村的,城里的房子是租的,根本没什么钱。得知真相后,月红可能觉得和他在一起更没有未来,就想再回来。可这次,二林则铁了心不想和她过。她回来的第二天,二林就拽着她去民政局办了离婚手续。

不久之后,有人给单身的二林介绍对象,是本乡的一个寡妇。女人比二林大两岁,前两年丈夫车祸去世,没有孩子。缘分这种东西就是如此奇妙,两人一见面就看对了眼儿,没过几天就腻乎在一块儿了。后来，我见过这女人两次，很温柔，对二林也体贴，是那种正经过日子的好女人。

二人办了简单的婚礼，席间，二林对我们说："我媳妇二舅家的弟弟，在南方厂子里打工，一个月能挣五六千块，过了年我和媳妇就去。"

小双问："那地你妈一个人也种不了啊？！"

"地不种了，租出去，让我妈到城里来带着我闺女上学。"二林接着盘算着，他和媳妇一年在外面能剩七八万块钱，地租出去，一年差不多有一万元进项。

小双笑着说，这比他上班挣得都多。二林笑骂："滚犊子，别闹。"

七

二〇二一年春节过后，二林夫妇就去南方投奔亲戚了，在无锡的一个皮革厂里打工。

他们走后，我偶尔会在晚上经过二林家所在的小区，看着里面稀稀落落的几盏灯光，会忍不住想：这个曾是二林奋斗目标的房子，这个曾让二林心力交瘁、痛不欲生的房子，这个间接害死了二林父亲的房子，到底值不值得他付出这么多？

前些日子，我和二林通电话，我问他在那边如何。他说自己每三天就要上一个夜班，每天最少要站十个小时，加班更是家常便饭。我说那也太累了，二林却嘿嘿笑："还行吧，我觉得比扛麻袋还强一点。"

二林说,他们夫妇一个月的收入加起来有一万多元,这样的日子他很知足。他把酒戒了,打算再干几年,把买房欠的钱还完,再好好攒钱供女儿上大学。他最近一直哄媳妇再给他生个儿子,又夸媳妇能干、会过日子,唯一的缺点就是管他管得太严了……

我想告诉二林,现在养孩子成本太高,他的年龄和条件也许并不合适,可我不忍心打断他对美好未来的畅想——从买房、搬家到现在,二林已经很久没有心情这么好,话这么多了。

现在,二林偶尔会在朋友圈发一段小视频,内容基本都是他在上班或者下班的路上的见闻和感悟。他迎着日出或披着星月,先拍一段风景,再把镜头转到自己的脸上,说:

"上班了啊,挣钱去了,干就完了!"

"下班了,男人不容易啊,干就完了!"

但无论拍什么、说什么,最后二林总会以他"迷人"的微笑做结尾。那种踏实的幸福和满足,溢满了整个手机屏幕。

(文中人物皆为化名)

回不去的一个人

进了南城根，没人知道我是谁

文＿王选

前言

二〇〇七年夏天从学校毕业后，我们卷铺盖走人的场景至今历历在目。一晃眼，已经过去十多年。混迹社会后，在天水这个西北五线城市，我到处租房，开始了长达十二年的寄居生活，先后住进城中村南城根、"三无小区"罗玉小区、三楼教室、城中村莲亭。如今，我已离开南城根，离开罗玉小区，离开那间教室，离开莲亭。

二〇一九年二月，我住进了属于自己的房子。在南城根时，我把城中村的日子拉拉杂杂写进了一本叫《南城根：一个中国城中村的背影》[①]的书里。但之后，我寄居的日子并没有画上句号，五年时间，又三次大搬迁。我一直想把这段经历写下来，顺带再

---

① 2014年1月由清华大学出版社出版。

写写南城根。

毕竟这世上，还有无数个我，曾经历过无数次的漂泊和寄居，曾在黄昏看到万家灯火时黯然伤神，曾像无根浮萍一般在天地间晃悠，曾梦想有一所属于自己安身立命的房子。毕竟这世上，我们都是一样的人。

一

我在二〇一九年冬至的正午又回到了南城根。二〇〇七年到二〇一五年，我曾在这里住了八年。

南城根是这个西北五线城市的城中村，分南城根一队、南城根二队，也叫南一队、南二队。相当于一个村的两个大队，很早以前应该是由菜地连在一起的，后来，城市变迁，便被马路和楼房分隔两处。在东西走向的民主路上，拐进合作路继续往前，东侧岔路进巷道，便是南一队。若拐进离得不远的尚义巷，下台阶，便是南二队。南二队有电视台，南一队有藕滨市场。两处地方都不大，四周被高楼包裹。住户不多，百余户。但其所处位置特殊，在城市中心，出行、生活方便，租客也多。

所以准确点说，我那天是回到了南一队。我忘了那天我为什么要去，或许就是想去看看吧。

阳光盛大，寒意袭人。柳树枯燥，巷道灰暗。行人如尘，起起伏伏，各自飘去。巷道口之前是有很多小摊，补鞋的，修自行车的，卖水果的，卖蔬菜的，卖凉粉面皮的。夏天还有卖面鱼的，坐下来，醋的，浆水的，各来一碗。红油辣子绿韭菜，白鱼儿、黄鱼儿，游在清汤里。人间至味，莫过于此吧。后来，补鞋的不见了，修自行车的不见了，卖蔬菜的不来了，卖面鱼的也不来了。巷道口空荡荡的，也不知他们去了何处谋生。

我走进那条巷道口的时候，只有一个水果摊，枯黄的女人坐在摊子后面，和她的水果一起，落满尘埃。她身后立着撕了一边的大纸箱，抵御风寒。她坐于其中，袖着手，两腿中间，摆着小火炉。风从南边吹来，也从北边吹来，把她的一方温暖捎带而去，让她像被世界遗弃的菩萨，遭受人间的冷落和苦难。

巷道左手边是藕滨市场。这里很多人不知道南一队，但都知道藕滨市场。这市场，许是有些年头了。一个很大的顶棚，用钢管撑着，下面是水泥墩子砌成的台案，一排又一排，一人一个。案上摆蔬菜，案下破纸鞋盒里装钱。案前的地上，扔满了烂菜，被来往的人踩踏成泥，一下雨，更是不堪。后来，那巨大的顶棚被风吹塌过一角，耷拉着，看着心悬兮兮的。修补一番后，似乎又安然无恙了。

二〇〇八年地震，很多人为避震，把被褥抱出来，铺在水泥案台上，当床。想必大顶棚是安全的，水泥案台也比地上强，起码不潮。我抱着被子从巷道出来时，所有水泥案被抢占一空，有些举家而来，老小五六人，坐在上面。我无处可去，只好在一角垫了纸板，铺上被褥，勉强度了一夜。毕竟是五月，不算很冷，但整夜都是人们嗡嗡的说话声和小孩的哭闹声，加之余震不断，也没有睡踏实。

后来，这市场被改造了一番。除去一半被开发商占用外，剩余的用活动板房搭了棚子，挂了社区菜店的名。自此，它便不再是曾经的藕滨市场了。

巷道右手边曾是一排临时搭起的房子。五合板胡乱拼一起，上面盖了整块的石棉瓦。有些房子住人，有些开小卖铺，有些卖面条，有些也不知干啥，挂着锁。我在这边住的时候，常去买面条。机器面，老两口卖，量足，煮着也容易熟，不像超市的，怎么煮都是硬邦邦的，放三五天都不发酸。

房子后面，是大块菜地。种西红柿、黄瓜，种韭菜、芹菜，种玉米、油菜，也种三月春雨和腊月白雪。最早之前，大多是种麦子的，六月一来，小南风一吹，麦浪滚滚，像南城根的裙裾，飘荡着。住南城根的有些人家还可以把菜挑到街上换个零钱，填补家用。我住这里时，闲来无事就去菜地溜达。走在地埂上，看茄子紫、辣椒青，萝卜伸着自己的绿尾巴，香菜衣襟上绣着黄蝴蝶，真是满眼清明，满心欢喜。

后来，也不知是哪一年，和藕滨市场一样，这随便搭起的房子以及后面成片的菜地，都被征收、拆掉，用来开发楼盘了。如今，这里高楼耸立，一派奢华样子，把曾经的旧时光深深踩在了脚下。似乎没有人知道这里曾长满蔬菜，曾让日子生机盎然，曾把一个少年贫困的胃填饱。城市已不需要菜地，只需要高楼、车辆和钞票、欲望。至于蔬菜，还是回到乡野，长成之后，再进贡城市吧。

藉滨市场后面的巷道就很深了。一条主巷道，延伸出很多小巷道。像一条主动脉和许多毛细血管，也像一条苦瓜藤和它的无数瓜蔓。巷道两侧扎满了两层民房，拥拥挤挤。二楼楼顶搭着天蓝色的活动板房，大多租出去住人。屋里冬冷夏热，住着乡下来打工的人，带孩子上学的人，做小生意的人，无所事事的人，偷鸡摸狗的人。他们睡在风能刮跑的屋子里，做着天蓝色的梦。屋外铁丝上挂着裤衩、衣衫、被套、丝袜。楼下房东一家，开着电视，空调呼呼吹着，他们谈讨论着拆迁补偿的事，振振有词。

别的屋子，单身少年，在微信上撩着姑娘；夜店回来的女人，正一层又一层卸着浓妆；来城市长期看病的老两口，把一张张缴费单捋展压在床板下；事业单位加班回来的中年人，把油腻的脑袋塞进一盒热气腾腾的泡面里；卖关东煮的小两口，因为女人玩手机忘了收钱损失了十来元，男人一回家就骂骂咧咧，最后动了手；带着孩子的离异女人，给一锅烩菜放多了盐，正往里面加水，这咸，就像她的日子，难以下咽。

满院的鸡毛蒜皮，满院的烟火纵横，满院的光阴浩荡。

二

二〇〇七年夏天，我师范毕业后，在一家酒店谋了个文员的差事干着，跟同学在石马坪的出租屋住了半年后，我便满城另寻住处,贸然间来到这南城根。

我钻进那长长的巷道,到了南一队,挨着门一家家打问,最后在巷道中间找了一间房子,估计只有五六个平方,房子狭长,摆一张床板,床两头挨着墙,窗前两三步,即可出门。一天晚上,我偷偷溜进石马坪出租屋,取了床单和衣服,匆匆离开。回来后,铺在床板上,算是有了落脚之处。

在那间屋子,我住了有半年。其间,买了电磁炉、锅碗勺筷,在窗前墙角下,支了几片砖头,架上破木箱,摆上案板,开始了我做饭的日子。一为省钱(其实没钱),二为吃饱。那时手笨,做的大多是浆水面和醋拌汤。面条浆水买来,浆水锅里一炝,倒出,锅里烧开水,水开,下面,面熟,捞碗里,舀上浆水,撒上盐,便可动筷。烧醋拌汤更省事,水烧开,面粉用凉水拌成疙瘩,倒进水,煮熟,调醋,撒葱花,就行了。

住进那房子时,天正热,整个屋像包子,能将人蒸熟。屋子在楼梯口,门前有人来来往往,不敢开窗,只好忍着,睡一觉,热醒,一抹,浑身流汗。

秋里一天,我约来几个同学,有男有女。他们来时,买了鱼和菜,准备在我屋子做饭。大家一来,久不见面,说说笑笑,甚是开心。一男同学做鱼,我帮厨。屋子小,加之做饭又热,大家在楼道上站着,偶尔有人说个段子,引得一片笑声。房东坐一楼廊檐下,裸着上身,听我们说笑,脸上不悦。

鱼熟,我们围一堆,刚准备下筷,房东唠唠叨叨,嫌我们太吵闹。他一唠叨，真是扫兴至极，我想出去跟他理论，被同学拉住，消了火气。大家闷声吃了几口，不欢而散。

当天晚上，我开始在巷道里找房了。心想，你不在乎那一百元房租，我也不受你那恶言粗语。趁着夜色，我在另一条小巷道找了一间房。房子较大，除了床，有个转身的空间，但门口靠着墙，光线不行，总是阴沉沉的。

第二天，我退了那边的房，搬了过来，然后发现这本是一间大房，中间用木板隔开，一分为二。那边住着房东女儿，上高中。木板不隔音，大到咳嗽说话打喷嚏，轻到走路脱衣翻了身，声声入耳，一清二楚。刚开始住，也倒没在意，住了一段时间，才发现这声音像水雾一般，已把人全部打湿，包裹起来，好似房东女儿就在你身边。时间一长，便觉这声音无处不在，加之房子昏暗，觉得自己如同老鼠一般，稍有风吹草动就被惊醒，一点睡不踏实。

有天半夜，我睡下不久，木板笃笃敲响，房东女儿问，睡了没。我一惊，刚酝酿的一点睡意消失殆尽，答，还没。那边说：我出去一趟，后半夜给我开一下门。然后，一串细微的脚步声消失在了院子。

我没见过房东女儿，不知她模样——我去上班时，她已去了学校；我下班回来时，她还在一楼吃饭。那天晚上，我整夜睡得迷迷糊糊，两只耳朵还要支棱着听敲门声，有时风吹响院内杂物，以为是敲门，一清醒，再听，又不是。整夜，都没有人敲门，房东女儿也未回家。我不知道她去了哪里，也不知道她整夜在干什么。

过了一些时日，我便搬了。我怕时间一久，神经衰弱。

我住的第三个出租屋在巷道尽头。直行，右拐，最里边一家。二楼一间房，房倒敞亮，就是窗户朝西，下午太阳照来，不好受。那时，我已经去了电视台工作，住下以后，台里一同事离家较远，中午回不去，跟我商量后，支了床，每天过来休息，算是跟我合租。后来，同事辞职了，这房子就由我一人住了。

这家院子大，房子盖了北边东边两侧，其余地方空着，房东家一个儿子，穿着皱巴巴的黑西装，夹个黑皮包，成天跑保险。房东两口子的理想是儿子挣点钱，把南边和西边的房子盖起来，租出去，挣点钱。可他们的理想遥不可及，儿子奔波于人流中，满脸疲惫，钱，不好挣的。

院子门口，有单独一间平房。起初我并不知道作何用处，有天深夜三点下楼去厕所，看平房里灯火通明，烟雾腾腾，房东两口子在白花花的雾气里面朝大锅，蒸着面皮，只留两个剪影。他们要蒸到早上五点，蒸够后，送到早摊点。每天如此，风雨不歇。

从厕所回来，站在二楼楼梯口，远看，是大块的菜地，在光线里昏暗、遥远，蔬菜的气味伴随着水渠里的泥味，让人陌生又熟悉。

每一棵菜都在尽力生长。

冬至这天我再次来到南一队时，巷道里的房子已被拆除得所剩无几，只留下巷道北边一溜，没有被征收，但大多已搬空，有几间当作民工宿舍和拆迁指挥部。巷道南边，全成废墟，高高堆砌，破烂的砖头,碎裂的水泥块,残断的钢筋,丢弃的杂物,变形的门窗。

有间房子挖掉了一半,屋子除了丢弃的塑料盆、衣物、纸盒之外,其余的全带走了,而墙上那张没有装裱、写着"黄河之水天上来"的毛笔字依然贴着,另一边还有用毛笔写的大大的"忍"字,一角飘起,被风吹着,如旗帜一样。

我不知道这间房子曾住过什么样的人。我也不知道这些房子曾住过什么样的人。他们是不是和我一样,是这个城市的漂泊者和寄居者?他们是不是和我一样,在某个大梦初醒的深夜依然感到生活的寒意?他们是不是和我一样,穿过长长的巷道时有长长的梦想?他们是不是和我一样,曾在城中村搬来搬去只为寻觅一处安稳的落脚之所?他们是不是和我一样,用低廉的收入买几样好菜下锅,就觉得日子还有奔头?他们是不是和我一样,喜欢抬头看天,低头看不远处的菜地错把城中村当作了故乡……

他们应该是的。我是他们。他们也是我。我们只是用不同的形式在窄小的出租屋,过着千篇一律的日子,底层人的日子,烟火升腾的日子。

可此刻,他们都去了哪里?他们都去了哪里啊?不久之前,这里还人来人往,充斥着喧嚣与嘈杂,屋顶搭满衣物,屋里悲欢离合,菜地青苗幽幽,天空狭长辽远。但现在都没有了。好像大地上蠕动的泡沫,瞬间蒸发,了无痕迹。

此刻,只有成堆的废墟,灰白的废墟,杂乱的废墟,即将消失的废墟。伴随着这些废墟的消失,这里将很快被平整出来,盖起大楼，高价出售。当高楼耸立时，它会有一个时髦的名号。然后，没有人知道这里曾叫作南一队了。南一队，只存在于地志，老人的记忆，寄居者的往事里。不用多久，这个名字，也会如同泡沫，消弭于人间。

正值中午下班，废墟上停着挖掘机，甲虫一般，抖动着刚刚熄火的机身。民工们端着洋瓷碗或洋瓷缸，大块的瓷掉了，留着黑底。他们一溜子坐在墙根下，有男有女，捞着碗里的面条，他们吃的还是臊子面，只是没有红油辣子，没有蒜薹豆芽。明晃晃阳光从南边泼下来，似炉火余温，没有风，尚且拢得一丝暖意，风一吹，便将着暖意吹歪了。

阳光涂抹在这群民工身上，他们落满灰尘的面孔和肩膀，在阳光里愈发陈旧，艰涩。他们同样是城中村的寄居者，但也是最后的拆除者。其实没有什么，寄居和拆除，都是生活。生活是悬在每个人脖子上的绳索。

我在巷道走了不远，就进不去了，里面用铁皮堵住，依然是废墟一片。我曾经租住过的院落混淆于废墟中，和我那遥远的时光一样难以辨认。我折身出来，巷道里那几棵粗大的榆树、梧桐依然挺立，它们沉默不语，心知肚明。民工们已经吃完饭，有些在水龙头前刷洗，有些躺回原地吸烟，有些开着玩笑。风吹来，把明晃晃的阳光吹得飘飘荡荡，一切像极了某个虚构的场景。

三

我在南一队住了有一年。接着,在南二队,也就是电视台那边,一个同事租了一间房,喊我搬过去跟他合租。后来,我便住进了老贾的77号院子,一直住到了二〇一五年。

也是二〇一九年,在一个醉酒的夜晚,我趁着夜色潜伏进南城根。五两,七两,或者近一斤白酒,让我这个日渐陷入中年困境的男人,两眼迷糊,双腿捣蒜,大脑昏沉,摇摇摆摆进入尚义巷,进入南二队。

尚义巷摆台球案的老头不见了,他的瓜皮帽,我依旧记得。它破旧、灰暗,本是一顶体面的八牙黑皮帽子,风吹日晒,变了模样,即便丢掉,也无人捡拾了。老头或许住进了廉租房,好多年前,我隐约听他说正在申请。巷道口的沙枣花,许是开过了,挤在楼群间,一副被压迫的委屈样子。暮春,也或者是初夏,但不应该是秋天,它曾开过一树繁花,花如米粒大小,喇叭状。它可真香啊,整条巷道都是香喷喷的,能把人香醉。

尚义巷还有什么?还有那家麻辣烫,早已倒闭。还有东侧长长的巷道,巷道里的少年,带着姑娘,坐在蔷薇花下,抽着烟。那时他们年少,穿两件天蓝色的校服。而今,想必已混迹江湖了吧,不会再坐于花下。

长长的巷道里,下过长长的雨。下台阶吧,台阶从中间割开,安了扶手。

我脚下打着绊子，撑着扶手，伸直腰杆，下了台阶。巷道亮堂了许多。以前，这里黑灯瞎火，走路除了凭直觉之外，便是借着远处漏下来的点滴灯光，走得深深浅浅。我曾在黑灯瞎火里回过很多次南城根，像一滴雨在午夜回到了池塘。而此刻，这里除了路灯绷着发炎的眼睛，一切都睡了。我不再是一滴雨，我只是桌上的一摊酒，被生活的破抹布顺手揩去了。

巷道的路铺了砖块，平整了很多。之前一直是水泥地，有些地方破损了，一脚踩下去，扑哧一声，泥水顺着缝隙喷出，会落一裤子，败了那些脂粉浓艳的姑娘的兴致。她们摸出卫生纸，擦掉身上的污泥，顺手甩掉卫生纸，出了巷道。现在不会了，姑娘们完全可以挺胸翘臀走出巷道，春风得意。

两侧的铺子早已打烊，拉闸门把一切隔绝。那个曾经闲置过许久，然后成为榨油房，又被人装修，住进一对男女，门口铁栅栏里拴着两只狗的地方，如今是酒吧了。隔壁那间永远开不久的铺面，巷子里的人都说风水不好，卖过关东煮、大饼、夫妻用品、蔬菜、胸罩袜子内衣，等等。我已经记不清了，但它们都超不过三个月，真是奇怪。

那家药店也换了主人。以前我常在她那里取药，药很管用，感冒，给我三四顿，每顿我分一半吃，吃三四次，就好了。有一次落枕，脖子疼痛难忍，去她那儿，竟也有口服药。我常向朋友推荐她的药店，有朋友开玩笑说，她开的药量大，一顿能把人吃晕过去。我遂想，我吃一半，看来剂量刚好。有一次顺路经过，进去取药，她的妹妹跟她学艺了。她说要搬地方，到城边，在那买了经济适用房，打算在小区门口开个店，方便些。也不知她的店开了没。我怕是再也找不到了。这城市，有时候很大。

巷道里，出租碟片的，卖大饼的，麻将馆，小超市，缝衣店，我醉眼蒙眬，没有看清，想必也不见了。有些房子还在，有些拆掉了。至于新开的店，和我也没有关系。

电视台也搬走了。它在南二队多少年，我也没有问过。我钻进更深的巷道，右拐，左折，再右拐，巷道尽头，最后一家，便是我住过好多年的77号院。我熟悉这巷道里的每一道门，每一扇窗，甚至熟悉这里的每一声呼噜。即便闭了眼睛，凭感觉，右拐，左折，再右拐，走到巷道尽头，也能回到77号院。

院门还是开着。多少年了，南城根的人们都会在夜色深沉之后紧锁大门，即便不锁，也会虚掩起来，做个样子。但77号院从来没有锁过。我住的时候没有，现在也没有。它敞开着，像迎接一个漂泊归来的浪子。当我走进院子的时候，它或许一时没有认出我——我已离开五六年了啊。多年之后，它没有将我拒之门外。我站在院子里，像一个夜游者，或者一滴进不了池塘的水。院子漆黑如一口井，只有头顶的天空，还是被火燎过颜色，暗红，干硬，带着苦涩味道。满院的人都睡了。

老贾想必也睡了吧。

四

老贾是77号院的主人，我当年搬去时，他已经是快古稀的人了。平日，他提个化肥袋，装着捡来的硬纸片、饮料瓶，然后背回院子，装进一个大尼龙袋，等攒够两袋，架在手推车上，一绑，到收破烂的地方去卖。半年下来，也能卖个两三千元。他还作务着电视台院子的大花园，锄草、浇水、修剪花木，也种点蔬菜，每月领份薄酬。

77号院是旱厕，隔三岔五，老贾会把粪从池中掏出，挑到花园浇地。第二天，上班的俊男靓女总是皱着鼻子，用手不停扑扇，叫着"好臭好臭"，小跑进办公楼，到下午下班，又钻进花园，拔几棵菜回家了。因为倒粪，领导还数落过老贾，老贾倒不在乎，照旧倒，只是把时间改到晚上，一夜风吹，第二天臭味会淡些。园子的草木和蔬菜，长得很旺盛。

在院子大门对面的砖瓦房里，我和同事住了一段时间，后来同事有了女朋友，搬出去了。房子就留下我一人住了。房租每月一百五十元。这间被烟熏火燎过的房子，有一张大床，我睡过，我那些狐朋狗友也常来蹭睡。

院子西边是两层楼。一楼，一间住着一个高中生，高三时，谈了对象，时常带回来，一起做饭、睡觉、写作业。后来，考了个医学类三本走了。老贾儿媳妇的侄女跟着住了进去，再后来，这侄女结婚，也搬离了。

中间一间，住过很多人，来来往往，我也没有记清。另一边一间，是一家三口。男人在澡堂烧水，有时打零工。个不高，敦实，天热，身上总挂个很破旧的迷彩背心。女人叫笨花，在巷道口摆个小摊，卖饮料和纸烟，挣点毛毛钱。她矮矮的个子，粗笨的双手，穿朴素的衣衫，人也很老实，给我缝补过裤子，端过一碗浆水。

她总是一副大大咧咧的性子，说话也是高声大嗓。老贾总是坐在他院子门口黑漆漆的屋里，抽着水烟，喊："笨花，今天咋回来这么早？""笨花，我烧了一壶水来提……"

笨花在衣襟上揩着面手，笑道："城管精得很，干脆不要摆，说这两天有大领导检查，真是上面发个令，下面穷半天。"然后提着水壶出了门。

老贾嘿嘿笑着，一团青烟裹住了脸。

笨花的儿子不大听话，中途辍学去当兵了。他们一家人在这院子住了差不多都快二十年了吧。我想着他们还会长久地住下去时，笨花告诉我，他们申请了廉租房，给人家塞了几条烟，排上号了。即便后来好几年一直在排号，但他们总是要离开，有个属于自己的房子的心没有死，在这里住多久，毕竟都是人家的，都是寄居于此。

二楼较大的一间，住着老贾儿子一家。两口子也是摆摊子的，只是在学校边，靠着学生，能好卖点。一大早，女人推着带轮的铁皮柜出巷道，穿马路，过桥，到了学校门口。男人十点多起来，扯着拖鞋，洗刷完毕，给花浇浇水，给狗梳梳毛，坐在台阶上，抽两根烟，喝一杯茶，慢腾腾去换班了。然后女人回来做饭，男人守摊。每天如此,刮风下雨,也没个停歇。除了不多的房租,这是他们主要的经济来源。

男人和我说话很少,我感觉他是看不大起我们这些房客的。他是老天水人,自小有一种优越感,即便日子过得窘迫,那根傲骨还是直愣愣从衣衫里戳出来。女人倒很好,我们常说些家长里短的事。有时下雨,她会帮我收被子,有时送我一把韭菜,端给我一碗饺子。

他们生了两个女儿,年龄相差十来岁。我住那会儿,大女儿考上大学,去念书了;小的一个,刚上幼儿园,脸圆而胖,皮肤微黄,橡皮娃娃一般。她很小时常来我房间,我给她零食吃,逗她玩。后来长大了些,就不来了。我离开南城根时,她已经上小学一年级了,扎着两个毛刷,穿一身宽袍大袖的校服,把人淹了进去。

老贾儿子的房子隔壁,就是我住的一间。我在院子住了一年多以后,老贾说这间房子他有个亲戚要住,让我搬到二楼住。我搬上去,老贾把屋子简单收拾了一下,刷了墙、吊了顶。屋子靠窗支着一张课桌,摆着电磁炉,锅碗调料。做饭时,打开窗,油烟能出去。门后是很旧的洗脸盆架,锈迹斑斑,站不稳当,靠墙撑着。

一边是两副老式红绒沙发,绒布爱吸土,隔段时间得把坐垫掏出来,提根棍子站楼道里敲打,尘土飞扬。沙发是一楼笨花家的,他们房子小,说是暂放我这儿,一放就放了六七年[①]。另一边是一

[①] 也不知道他们后来有没住进廉租房,如果住进去了,那对沙发想必是会带走的,那可是他们从老家带来的最体面的物件。——作者注

张写字台,从旧货市场淘的,还带一把椅子。靠里面,支一张单人床,曾挤过两个人。床头,一个原先就有的旧衣柜,门子被床挡着,开不展。

我还在墙上贴了一张画,斜着贴的,我忘了是哪个女明星,贴上去以后再也没动过,落满灰尘。靠床的墙上,我贴了一层带四叶草图案的绿墙纸。破了,用胶带一粘。又破了,再用胶带一粘。最后,半面墙,几乎全是胶带。

在这间六七平方米的屋子里,每天下班,推开窗户,在油烟升腾里做一锅饭,盛到大铁盆里,端着,到老贾屋子,看电视,跟他闲聊。晚上,坐在床上,抱着电脑写东西。夏天,太热,窗户和门都是敞开的,即便如此,也酷热难耐,只好不停吹电风扇。冬天,又冷,一早起来,脸盆里的剩水结了冰。厕所在院子一角,半夜起来,披着衣服,瑟瑟缩缩去,冻了一遭,睡意全无。蜷缩在被子里,浑身冰凉,牙齿打战,听着不远处锅炉房彻夜的吼叫声,可跟我没有关系。

那时同事们每逢冬天就很关心何时供暖,而我没有暖气,我和城中村的所有人一样,都是城市的局外人,供暖早晚和我们无关。有时,也来三五写诗的朋友,聚一起,我炒个菜,大家吹着牛皮,把二斤廉价的酒灌进肚子,面红耳赤地读几首诗,觉得全世界只有我们写的才是诗,其余都是狗屎,老子天下第二,没人是第一。

我已想不清那些明亮又昏暗、酷热又严寒的日子,是被我如何一天天消磨掉的。最终,我们会陷入生活的圈套,被现实摁住,在沙子地上不停摩擦，只剩一根疼痛的骨头，挂在屋檐下，跟半截干辣椒一样，等着丢进日子的油锅，被炸得焦黑不堪。

五

二〇〇七年到二〇一一年，我在电视台工作了四年多。我干记者，报选题，拍镜头，采访同期声，回来写稿件，最后剪辑成完整的片子，再提交。挨过批评，受过表扬，犯过错，惹过事，热闹过，苦闷过。很辛苦，常常加班，逢年过节，干通宵，怕是满城里最辛苦的工作之一了。大家常说，干新闻，就是个电视民工，脑力加体力，甚至还不如民工。

一年三百六十五天，除了年三十播春晚没新闻，其余三百六十四天，新闻天天有，驴拉磨一般，一圈又一圈，一天接一天，没个消停。好在那时年轻，无牵无挂，所有的辛苦睡一觉便一扫而光了。有时候，一个人去采访，单枪匹马。大多时候两个人搭档，跟一名女记者。大家开玩笑：在电视台，女人当男人用，男人当牲口用；上辈子没干好事，这辈子才干电视。

跟我一起进电视台的那拨人，一九八五年左右出生，年龄相仿，大家打打闹闹，吃喝玩乐，无忧无虑，关系也很好。如今，他们早已膝下有子，背着家庭的壳，小心翼翼地过着日子，没有了年轻时横冲直撞、在所不惜的勇气了。

那四年多是我最好的年龄。那是一个人把青春的花朵开到荼靡的日子，一个人揣着千把元工资看见蓝天就想捡根鸡毛插屁股上飞起来的日子，一个人睡在拳头大小的出租屋里仍然觉得未来可期的日子，一个人一打啤酒半袋瓜子幸福感炸裂的日子，一个人尚且心怀天下、肩扛道义、快意恩仇的日子。

可惜，这样的日子，很快就没有了。后来，我离开了电视台，有了一个编制，混进了教师队伍。

我离开电视台去乡下教学时，也一直没退老贾家的房子。想着周末进城，住起来方便。房租一开始涨到两百块，后面一直是三百块。大多时候，攒三四个月，交一次房租。我也算过账，我进城，住一次宾馆，两天，少说三百块，一月三四次，得千把块，还不如继续租着，便宜很多。况且还有我一屋子乱七八糟的东西，光那些留着没用、丢了又可惜的书就一大堆。

当老师大半年后，我又借调进城，钻回了电视行当，只是不在原单位，但又住回了老贾的房子。直到二〇一五年，我和女友准备结婚时，我才想着，不能再住在南城根了。虽然也有人曾在逼仄的出租屋结了婚，生了娃，但我还是想着体面一些，想着在人跟前不要显得太寒酸，想着人家姑娘这一辈子就跟定我了，谈恋爱时挤挤这出租屋还可以，要结婚还挤，就真的对不住人家了。

我不知道我走了以后，那间房子都被什么人住过。

我离开南城根后，有些东西被带走了，有些东西一直留在那里。比如那张桌子，那张贴画，那些时光，那段爱情，那明晃晃的青春，那午夜加班回来的背影，那吹牛不怕被风闪了舌头的狂躁，那端着一碗面条满院子找人说话的黄昏,那大雨把梦境淹成大海的午夜……

那个醉酒之夜,我站在77号院子,像一个夜游者,像一滴进不了池塘的水。

我知道这里再也没有我的落脚之地了。即便多年以后我还是能轻车熟路地来到这里,即便我的骨子里已经长满了城中村的荒草,可我还是离开了这里。有些地方,离开了,就再也回不去了。院子依然安静,模糊一片,不规则的天空,像一张嘴,要把这城中村吞咽掉。吞掉是迟早的事。

我在院子站了很短的时间,便出来了。我怕午夜起来的人看到院子站着一个人,还以为闹鬼。我怕老贾醒来看见院子的影子误以为贼。我怕七八年前的自己从楼梯上走下来拉起我的手,泪流满面。我怕旧时光的河流突然决堤,把一个人仅存的记忆全部冲走,一无所剩。我怕我在醉意的怂恿之下走到二楼,推开早已不属于我的房子。

我从院子走了出来,右拐,直行,左拐,就到了主巷道。灯火依旧。没有人知道一个曾经长久的寄居者回到了这里,又离开了这里。就如同没有人知道我曾在南城根的日日夜夜。人们只在自己苦涩的日子艰辛游走,人们无暇顾及另一个人何去何从。

我只是顺道,想起了我的旧时光;我只是顺道,看了看那逝去的年华。我空有一腔伤感,进了南城根,没人知道我是谁;出了南城根,我也忘了我是谁。我是在二〇一五年冬天离开南城根的,离开后的一年,我住进了罗玉小区很旧的楼房里。

买了城镇户口，却依旧不是城里人

文 _ 浮在空中

前言

二〇一八年年初，我们村决定把村中心那些已经空心化的老房子都推了。但在如何处置这些旧有的宅基地上，村委会"一班人"却为难了。

按原计划，这片空地拟建一条十字街道和一片花园，到挨家挨户协商时却卡住了。一些村民趁机提出要求必须重分宅基地，或者既要位置好，又要面积扩大……诸如种种，气得村委"一班人"差点甩手不干："你们爱咋咋的。要盖房子，行啊，你们就在原址上盖吧，我们不管了！"

在这些人当中，有几户人家尤显急切。他们并没有提出什么额外要求，仅仅是因为担心——如果重新划分宅基地的话，村里可能会把他们的名字除掉。因此，尽管他们多年来都不在村里居住，却率先在推倒的老宅基地上建起了房子。

之所以有这样的担心，是因为在二十世纪九十年代的那场"农转非"风潮里，这几户人家全部买了城镇户口。

一

五十来岁的炳生，是这几家里最早盖起房子的。

一别二十多年，炳生一直在市区生活，这次重回村里，年轻一辈好多人已经不认识他了。作为村里最早买户口的那批人之一，当年炳生被很多人夸，说那笔钱没白花。

"那时候，可不叫什么'买户口'，政府管这个叫'农转非'，农业户口转非农业户口，你知道这有多诱人吗？

"这么跟你说吧，九十年代以前，咱国家虽然已经改革开放了，但很多地方还是计划经济。比如商品粮这个东西，虽然是我们农民种的，但你要是农业户口，就得花高价去国营粮油店买，如果是城镇户口，反而是低价。还有商品油、商品布什么的，都一样！

"最重要的是，如果你是城镇户口，进'单位'那就更方便了。有了铁饭碗，生老病死、吃饭住宿、小孩读书等等，政府全都给你安排好了……"

一九九二年过年没多久，"农转非"政策就放开了，只要花钱人人都能成为"城里人"的消息，无异于在寂静的山野中扔下一颗"炮弹"。

最初，"农转非"政策还设置了一些附加条件，比如"必须是农村剩余劳动力""需要村委会证明盖章",等等。事隔多年提起这事,炳生依然记忆犹新:"家里这边开了证明后,还要不停地往镇政府、派出所、公安局、银行、信用社、财政所来回跑,求人、赔笑脸、给红包,足足花了一个多月,才拿到红本子[①]。"

"那花了多少钱?"

"我是最早办的,光户口就花了八千块,再加上请人办事的花销,九千块出头了。"

这个数字让我吃了一惊。我记得很清楚,那一年,我的初中数学老师对我们说,他的工资是一个月一百五十八元。我连忙说道:"看不出啊,那时候你就是万元户了。真是真人不露相。"

炳生苦笑了一下:"鬼……我家和你家还不是一样,都是种田的。这些钱,大部分都是借的。"

顿了一会儿,炳生又说:"结果高兴了不到几个月,买户口的价格就下来了,五六千块,到了年底,三四千块就可以了,也没那么多条条框框了,小孩子都可以买了。喏,"炳生指了下隔壁同样正在盖房的那户,"他家建华就是那年年底买的,才三岁。"

建华的父亲叫九根,是村里最早的粮贩子,当年算是村里的"首富",买户口时自然也很随意:"不就几千块钱嘛,管它有用没用,先备着。以后要没用,就当这钱丢了。"后来,建华果然没用上这红本子。

---

① 当时城镇户口本外皮为红色。——作者注

"我跟他家不一样。买了这个户口后,我不仅什么好处都没捞到,而且光是还债就还了好几年。"最后,炳生叹了口气。

二

炳生是家中的老细①,从小身体就不好,他的老父亲当时对谁都说,他这样,就是长大了也干不了农活,"估计要养一辈子"。在二十岁之前,炳生都不受父亲待见。

好在炳生有一个好姐夫。姐夫是邻村的一个木匠,叫宋杰,打得一手好家具,加上为人实在,处事机敏,赚了不少钱。炳生十六岁上完初中,就跟着姐夫学起了手艺。

一九八九年,经介绍,宋杰结识了市建筑总公司装潢部的刘经理。刘经理说自己需要一批熟练的木工师傅,如果宋杰愿意,并能带一帮人马的话,可以分给他一部分工程。就这样,十九岁的炳生跟着姐夫进了城。这是他生平第一次进城,宽阔平整的马路、尾巴冒着烟的汽车、高大气派的楼房,无一不深深地吸引着他。

宋杰共带了五个人来,仨师傅俩徒弟。按照旧式规矩,做徒弟的是没有工钱的,但出门在外,宋杰还是会每月给每个徒弟发五十块钱生活费。

按照公司的要求和进度,师徒几人起早摸黑、认真勤勉地干

---

① 指排行最小。——编者注

了大半年，刘经理很满意，但结完工钱后却告诉宋杰，这批工程赶完，暂时就没什么活干了。

第一次"进城上班"就这么结束了，宋杰只得打道回府，但炳生却不愿再回去了。他执意要留在城里，"哪怕做小工，也不回去"。

原来，由于前不久炳生没有回家帮农忙，父亲就与他大吵了一架。最后，父亲骂他："不要以为你到城里上了几天班，就是个城里人了，我呸！你不回来种田，照样饿死！"

炳生不甘示弱："我还就不回来了，看看会饿死吗！"

那时，炳生手里已经攒了差不多千把块钱，还有一全套在他出师时姐夫送他的木工装备。他在市中心租了间一个月三十块的单间，每天与那些揽活的板车工一起，举着一块写有"木工"的木牌，站在十字路口旁，等着主顾上门。那时候，炳生在街上接到的活，大部分都是些个人家庭的小活，打几个凳子、做张饭桌什么的。

一九九二年之前，炳生一直这样过活。尽管工作极不稳定，还经常被市场管理人员赶得到处乱跑，但好歹，他在这个城市"活"了下来。

回忆起这段日子，炳生说："最难忘的，不是赚钱的不易，而是户口身份给我带来的刺激。

"最开始在建筑公司装潢部做事的时候，每天干完了，我们就和其他正式工人一起也到食堂去吃饭。同样的饭菜，那些正式工有饭票菜票，价格只有我们的一半。到了节假日，他们可以休息，单位还会发些米面,而我们却什么都没有。"

一九九一年,市建筑总公司的装潢部从总公司剥离出来后,独立成了一家新公司,刘经理依然是一把手。独立后装潢公司有过一次招工,炳生听说了,兴高采烈地赶过去,找到刘经理。刘经理虽然还记得他,却也无可奈何——招工条件有一项:必须是城镇户口。

炳生再一次感受到"户口"对他的无形压力。

那年下半年,姐夫宋杰也重新回到了城里。在村里做了几年之后,宋杰还是觉得城里的钱好赚——在装潢公司的那大半年,宋杰赚了六千多块,回到家几年都没挣这么多。

等到一九九二年,宋杰从一个在政府机关上班的朋友处,得到了一个"绝密信息"——"农转非"政策放开了,人人都能买城镇户口了。

炳生太高兴了,马上把这个消息告诉了乡下的父母。可父亲却表示有心无力:"有钱你就买,没钱就算了,别指望我——你哥哥嫂子都盯着呢。"

最后,还是炳生的大姐觉得这个小弟实在不是一个庄稼人的料,在关键时刻拉了他一把。

但亲兄弟明算账,大姐告诉炳生:这个钱,算是你姐夫借你,以后赚了钱可是要还的。炳生连连应下。

三

红本子拿到手上后,炳生兴奋得好几个晚上都睡不着。虽然生活看似并没有任何变化,但炳生相信,自己的好日子马上就要开始了。

当务之急,就是进一个"单位"——只要有了"单位",才算是一个真正的城里人;没有"单位",就还是农民,甚至是"盲流①"。

偌大的一个城市,在二十世纪九十年代,虽然各方面都不太发达,但星星点点的招工用人广告还是经常有的,只是基本都是一些私营企业或店面的,炳生看不上。他每日只细细留心着那些"国营单位"的招聘信息,这一等,一年多就过去了。

一九九三年五月,炳生终于等到了一个机会:市商业总公司下属的广告分公司,公开面向社会招工,招聘有装修、装潢、安装等专长的人员。凭借多年的木工手艺和在市装潢公司的经历,炳生一下就应聘上了。

但正式上班时,炳生却发现自己的"性质"却只是个"合同工",他忙问是怎么回事,经理就给他解释:"我们这个部门,一共就四五个编制。后面招进来的,都是合同工。当然,你以后只要干得好,还是有可能转成正式工的。"

---

① "盲目流入人口"的简称,带有一定歧视色彩和历史遗痕。指从农村常住地迁徙到城市、无稳定职业和常住居所的人。——编者注

先好好干吧，其他事以后再说。炳生心想。

不得不说，进入"单位"后，炳生的好运还真来了。那一年，炳生二十二岁，二姐给他介绍了一个对象，姑娘是隔壁村里的，身材高挑、干活麻利，配炳生真是绰绰有余。

姑娘在见到炳生之前，炳生的二姐就已经把自己的弟弟好好吹嘘了一番：城市户口，街上吃"商品粮"的，有手艺、有单位、拿工资，每月两百多块……等见了面，虽然对炳生的相貌不是很中意，但看在他的条件以及老实本分的分儿上，姑娘还是一口答应了。

提到这事，炳生哈哈大笑："当年花的那冤枉钱啊，也就在娶老婆这事上起到了作用。"

结婚之后，炳生工作更卖力了，有空的时候还会去外面接点零活。只是一年之后儿子出生，他还是力不从心起来——单位并没有给合同工办理社保与医保，老婆在城里也没有工作。虽然可以凭自己的户口买到一些优惠的商品，但对于一个三口之家来说，这实在是杯水车薪。

但就是这种优惠，也在慢慢消失：商场、合作社渐渐不再有商品粮油供应了。自然，那些票证也取消了。所有的人都开始用现金直接购买，而且根本没有差价。

与此同时，随着市第一纺织厂因经营不善而破产倒闭，原来在国营单位上班的人们，也开始讨论着类似"倒闭""下岗""买断"这样的词语。终于在一九九六年八月，广告公司的上级单位——市商业总公司也在这股洪流中倒下了，而炳生作为一位合同工，只是多发了一个月的工资,就"下岗"了。

如此折腾一番,炳生反倒平静了下来。"那些年,不要说是合同工,就是多少大公司大厂里的正式工,也一样下岗了。跟那些人比起来,我还算幸运的,至少我还有手艺在身上……"

往后几年,炳生又回到了四处打零工的日子。等户口政策放松后,他便就把老婆孩子的户口一并迁到了市里。"从村里出来的那天,我就没想着再回去。"

话虽这么说,但眼下他又不这么认为了。

"那你现在回来盖这房子干吗?"我笑问。

"这事……唉。你说我,一买户口,户口就降价,城市户口的优惠也取消了;等到后面我好不容易把老婆小孩的户口也搞过来,种田又不用交税了,还有补贴,农村户口现在也比以前更值钱了。很多地方搞土地流转,都可以坐着收钱了,我们这儿估计早晚也会这样。好多人都想迁回来,我呢,还是不会迁回来了,但好歹在村里,还是得有个落脚之地吧。以后的事,谁说得准呢……"

四

和我聊完,炳生匆匆忙忙又去看他那座已经完成了主体结构的新房了。而他的邻居九根,还在打"地梁[①]",不时有人上前大

---

① 地基。——作者注

声跟他打招呼:"九根,你儿子都当上公务员了,在市里有房有车,还会回家住你这乡下房子?"

村里人都知道,九根的儿子建华大学一毕业,就考上了市环保局,成了一名光荣的公务员,早就在市里成家落户,只有逢年过节才偶尔回一趟老家。

"为什么要他住,我住不可以啊?"九根反驳。众人哈哈大笑——作为村里的"前首富",他现在住的那套大房子,才刚盖好没几年。

九根一直属于村里头脑活络的那一类,家庭也殷实。一九九二年买户口的风吹到乡下时,一得到消息,他就动了心——在农村,如果一户人家有钱但又不需要办什么大事,很容易就会被亲戚好友惦记上。九根也一样,几个兄弟无论是娶老婆还是盖房子,都来找过他。那时候,他正想尽快把家里存攒的钱,公开地花出去一笔。

等到农忙结束,已是秋后,户口的价格也从八千块降到四千块,九根喜出望外,又等了一会儿,找了个熟人,花了三千块就把儿子的城镇户口给办下来了——当然,对外他还是说一共花了四五千块钱。

办好之后,那个红本子就被他锁进家里的五斗柜里。儿子那时候才三岁,实在太小,也用不着,搞到后来他自己都差点忘了这回事。直到村里要按各家户口簿上登记的人口,开始重新划分田地,九根这才发现,自己的户口簿上农业户口那一栏,只有他与老婆二人。所以，最后分得的田地，也就只有两个人的份，九根这才苦笑起来。

而这个时候，城市户口也早已不再吃香，当年九根一句"以后要没用，就当这钱丢了"的话，已然成了真。

五

相比炳生、九根家大张旗鼓地盖房进程，德文家就显得低调多了。

一直以来，德文看起来都不像个农民——他身材魁梧，脸也四正方圆，眼睛不大，却自有一丝威严，加上走路不徐不疾，为人言语不多，颇有一副"官相"。事实上，二十世纪九十年代初，他确实担任过我们村的村主任。而他的上一任，就是我的父亲。

我长大后，父亲和我讲起当年他当村主任时的难处：不管事，人家骂你占着茅坑不拉屎；管事吧，总会得罪些人。因此，最后无论做什么，背后都是一句话："不晓得又贪了多少钱。"

这种费力不讨好，让父亲干了两年不到就心生退意。当时，德文还是村里的一个小组长，与我父亲关系不错，父亲便向上推荐了他。

德文一干就是五年，无论村里怎样风云变幻，他自屹立不动。"他确实比我有本事。平时他除了搞好和上面的关系，其他什么事都不管——什么都不管，自然就不会得罪人。至于村里人的闲话，他才不在乎呢——等到有求于他的时候,不照样还是一口一个'主任'地喊,喊得比亲爹还亲。"父亲笑道。

当时谁都不知道,一九九二年那时候,德文已悄悄给自己办理了"农转非"。他最大的目标,就是跳出农村,到镇上去工作。

但后来,无论他怎样使出浑身解数,都无法再向前一步了。在村委主任这个位置上待了五年后,德文迎来了一个强有力的竞争者:一个不到三十岁、退伍兵出身的民兵营营长。在敢说敢做、朝气蓬勃的年轻人面前,德文很快就败下了阵。

那年春节一过完,德文就带着一家人离开了村里,投奔了早就嫁到城里的妹妹德芳。

然而,德芳刚安排完哥哥一家的住宿之后就犯了愁——那是一九九六年,"城镇户口"早已贬值,就连她——堂堂一个供电局工人的妻子,都还没找到一个"正式工"工作,何况刚从农村过来的哥哥嫂子。

好在两个侄女均已初中毕业,德芳就和哥哥商量了一下,决定让大女儿先找一份工作,小女儿还小,就帮她报一个电脑培训班,学好了,再相互教一教,这样以后两姐妹找工作都容易。

而对于哥嫂俩人,德芳就直说了:"想吃商品粮拿国家工资,就不要指望了——我都不指望。你们买的那个户口,根本没用了。要是放得开,还是能找到事做的;要是放不开,就只能在家坐着了。"

德文忙说:"现在不在村里了,也没人认识我,我不挑事的。"

"卫华（德芳丈夫）他们单位，正好在招两个搞清洁的，你愿意去的话，明天就过去看看。"

就这样，德文进了供电局。

虽然一开始对妹妹讲自己不挑事，但等到真正上班了，穿上公司专门的保洁服，拿着一把扫帚，在每个楼道里弯腰打扫的时候，公司里每一个过往的人，要么就视他如空气，要么就对他吆三喝四——这与他之前当村主任时处处感受到的优越相比，落差实在太大。但确实已别无选择了。

好在几个月之后，小女儿培训班学完，顺利找到了工作。生活压力稍一减轻，德文就说，想换份工作。

虽然德芳说那个城镇户口已经没什么用了，但德文还是不死心。在辞掉工作后，他经常买来一摞报纸，研究上面刊登的招工启事，只期望能找到一份对口"城镇户口"的正式工工作。但看得多了，德文终于还是失望了。报纸上那些他梦寐以求的工作，随便一个什么文凭、技术要求，都会把他挡在门外——他这才发现，那个花了几千块买来的户口，真的一点用也没有了。

再往后，德文送过报、送过牛奶，还蹬过三轮车、摆过地摊、卖过水果……但大部分没有超过一年。当然，他也不是只做过这些零工。一九九九年，他在街上碰到一个老朋友——当年邻村的李主任，俩人相见都颇为惊喜。老朋友问他的近况，德文就说，想找个事做。

邻村主任一拍巴掌："哎呀，你当年多有本事一个人，不能委屈了。走，到我儿子那去，让他给你安排个差事。"这时德文才知道，李主任早不当村主任了，目前在儿子家养老。他的儿子李福在市里开了一家综合商场。

见了德文，李福马上就答应了："刚好商场缺个保安，最近日用品区经常丢东西。叔，你每天在日用品区转转就行，这事可以吧？"

刚开始，德文还是蛮尽心的，上班一刻也不敢放松，生怕有商品丢失。后来，李主任就时不时来找他，一起抽上两支烟，这让商场里的其他员工也对德文刮目相看起来，时间一长，德文就飘飘然起来。

没过多久，日用品区连丢了好几次东西，李福说了他几句，李主任也不再找他抽烟了。于是，在领完当月工资之后，德文也识趣地辞职不干了。

除了继续打零工，德文真不知道自己还能干什么了——他是个把面子看得比一切都重要的人，回农村这事儿他实在做不到。

直到二〇一〇年，靠着已结婚多年的两个女儿的支持，德文夫妇终于在市区买了一套六七十平方米的两居室，才结束了长达十五年的租房生涯。

在此之前，德文曾打听到城镇的贫困户可以向政府申请廉租房的事。工作人员在了解了他的情况后告诉他，需要分户才能申请——可当时他连自己的房子都没有，如何分户？最终还是只能买房。

二〇一五年，德文患上胃癌，一场手术下来，苍老了很多。更令他郁闷的是，因为他是城镇户口，却从没上过城市医保，而农村的"新农合"又不能办理，所以，医疗费只能全部由自己负担。

如今的德文，虽然身板骨还在那儿，形态气势还有当年做主任时的些许风采，但满脸的皱纹和苍苍的白发，还是昭告了他已垂垂老矣。我想，如果不是这次村里强行推倒所有的老房子，他应该是不会回来的。

周旋于邻里街坊之间

文 _ 无码

一

每个城市还存在的老街，不外乎两种情况：政府刻意想要保留的和政府想拆迁却谈不拢的。我老家县城的六安街在二〇一八年之前属于后者。

这条不长的老街，因街上有座建于宋代的六安庙而得名。街上住着二三十户人家，从街尾往东过了六安桥，就是市中心了。

前些年，县城里的红木产业迅速崛起，政府嗅到商机，大兴土木，在离城区不到五公里的郊镇，仿造唐朝大明宫的样式，建了个红木工艺博览城，也算吸引了不少游客。经常有外地来的游客在城区闲逛，只要逛到六安街，一般就会边走边感叹："哇！这儿保留得好完整，好有年代感！"

这话要是被正在门口泡茶聊天的老王听到，保管拿眼冷冷一瞥，把茶杯往桌上一蹾，冲来人说："保留个屁！年代感个屁！

啥都不懂,瞎嚷嚷个啥?"

老王就属于拆迁"谈不拢"的一分子。当然,这条街还不止老王一个钉子户,在老王的组织号召下,这儿已经成了一排"钉子"。照老王的话说,这叫"众志成城";照拆迁队的话说,那就是"这排房子的地基已扎进六安河底了,很难起掉"。

前些年,开发商派人来六安街找老王商谈过几次拆迁补偿的事,但每次都无功而返。无奈,开发商只得先把六安街周边的几条老街"瓦解"了。这样一来,六安街的"老"就显得格外突出。

敬酒不吃,开发商便请求政府配合,来硬的。二〇一四年夏秋之交,台风刚过不久,警车、挖掘机、推土机轰鸣着聚集在了六安桥桥头。老王闻到风声,挨家挨户叫人,不顾自己一把年纪,赤膊扛了罐液化气,率队直冲到桥头,把手中的打火机气阀开到最大,不时点起、灭掉。

没想到还真管用,眼里、手上一起冒着火的老王,硬是吓退了一批钢盔警棍的拆迁队。对峙了一阵子,拆迁队为首的接了个电话,一辆辆车就都掉头回去了。

我一直以为,老王是那种传说中喜欢沉浸在旧时光、有情怀的人,所以愿意誓死捍卫六安街。有次跟他喝茶,我刚盛赞完他,没想到他一脸不屑:"有个屁情怀,还不是因为价钱谈不来!开发商想耍赖?没门!"

老王看着我,不停地用食指叩击茶几:"猴子,我跟你说,我们这儿达成共识了,没到那预期,坚决不搬。"

可自从老王勇退拆迁队后,开发商似乎就把六安街给忘了,不再找人谈判,也不用强,就如这条街不存在似的,一心只加紧周边的建设。

这反倒让老王有点坐不住了。眼瞧着周边一条条老街都变成了高楼,唯独六安街还夹在里头,青石板路窄得两辆车会车都费劲,房子是木柱子木门板,光线昏暗,电路凌乱。现在的六安街既不像三坊七巷,又不如徽派民居,古不古新不新,不伦不类。

"唉!也不知道开发商使了什么手段,那些人乖乖就让拆了。"老王每早站在门口刷牙时,总是满嘴泡沫地跟左邻右舍叨上两句,然后再狠狠地甩甩牙刷,望了望对面新盖的楼盘,心有不甘地踅进老屋。

可偏偏总有一些已经拆迁、住进新楼的老街坊回来酸老王:"还是你能守啊,现在的房价是越来越高了,守下来就是个大价钱,可惜当年我们那条街没你这样的头儿……"

刚开始老王没听出什么,点头嗤之:"你们这帮人,软骨头,一点好处就把房子拱手给了人家,等着后悔吧!"再后来,见开发商迟迟没有动作,老王答起来就没好气:"你啰里八唆什么,损我呢?!我这房子给你,你的给我,咱换不?"

话到这份上,来人也知趣,叹了口气劝道:"王哥,差不多行了,开发商的钱也不是那么好拿的,早也拆晚也拆,你还真能带头守到老啊?你愿意,住这块儿的小年轻还不愿意呢!"

这话说得极是,老王心知肚明。

前阵子，邻里已经有意见了，说老王价钱没谈好，反倒搞成一潭死水，万一开发商放弃了，总不能守着这条老街过一辈子吧。有几个等着买房结婚的年轻人更是一肚子不爽，人前虽还尊他一声王叔，人后却都说他："死老王，真以为自己还是老大啊？"

二

老王确实是做了一辈子的"老大"。

说起来，老王并非六安街的"土著"，在来这儿之前，他是我乡下老家的邻居。

老王是二十世纪五十年代生人，属马，中等身材，结实精瘦，说起话来粗喉大嗓。七十年代当过侦察兵，上过战场，也算是从堆满尸体的战壕里爬出来的人。他动不动就喜欢撩起衣服给我们看他后背上的两个圆圆的弹痕，说自己命大福大，只挨了两粒"花生米"。放下衣服，他总会很诗意地说，这两个弹痕一定是那些牺牲的战友的眼睛附着的，要他帮他们看看这"新世界"。

"现在社会变化真是快啊，快得我眼睛都跟不上了！"这是老王最喜欢感叹的一句话。那时候，老王刚学会用微信，经常跟远在新西兰的小外孙女视频。

二十世纪八十年代初，老王光荣退伍，回乡时不仅带了一身军功章，还带了一身本事。据村人说，老王不但拳脚功夫"一人能打八个"，而且还会"轻功"，上个屋瓦如履平地。老王刚回来那阵,跟着村里的一个老师傅学泥水匠,上墙从不走棚架,而是像只猴子似的就上去了。不过,老王后来没当成泥水匠,而是经人引荐,当了一阵子村干部。再后来又嫌没意思,便混社会去了。

那年月,出人头地的捷径还是靠拳脚说话。二十多岁的老王很快就从自己村子打到了镇上,再打到县城,一路打出了名声,使得村子也跟着声名大噪,老王自然也坐上村里"老大"的席位。

成名后,老王给村子定下规矩:"同村人不许欺负同村人,要是邻村来犯,一致对外。"那个年代,村人外出要是不小心惹上事,只要报上是老王同村的亲戚,一般对方都会给个面子。

老王名号如日中天那会儿,我还在上小学。每天放学,经常能看到一帮十七八岁的同村后生在后院里跟着老王习武,只是苦了那棵老龙眼树,不但枝杈上挂着自制的吊环,树干上还被钉了个木靶子,用来练习飞镖,后院的土场子上,还有一堆不知从哪儿弄来的石锁和石碌碡①。一练习起来,尘土飞扬,鸡飞狗跳。

老王的徒弟很多,除了村里那些四处惹事的年轻人,还有慕名来"交流"的外村人。这些人跟老王一样,也是各自村里的成名人物,一来二去,全混成了朋友。

在老王教过的一干徒弟中,三教九流都有:有考上大学后在异乡混上个一官半职的,有开"摩的"的,也有开KTV和足浴店的。

我当年因为常趴在墙头上观看,老王一时兴起就教了我套猴

---

① 一种石制的圆柱形农用工具,又称碌轴。——编者注

拳。猴拳是老王自认最得意的拳法，据说还在部队里拿过大奖。老王打得形神俱备，我学得十分刻苦，拳不离手，尽得老王衣钵——后来我还在学校的晚会上表演过，搞得那些校霸以为我很有功夫，从此不敢惹我。

正是因了这层关系，尽管我后来四处奔波，但跟老王还是常有联系。现在，我已人到中年，油腻肥胖，可老王见到我，还是习惯地叫我"猴子"。我没有正式拜师，有时叫他"师父"，有时直接叫他"老王"。

二十世纪九十年代初，老王的结发妻子三十五岁那年得了癌症离世，给他留下两个年幼的孩子。老王为了孩子的教育，便把儿女转去县城的实验小学上学，在六安街买下了现在的老宅。

这老宅少说也有好几十年历史了，土木结构，样式老旧，前房主要举家迁去美国定居才出售。老王买下它，主要是基于以下原因：便宜，临近学区；再者，老王有点迷信，知道前房主一家子都是学霸，就有点想让自家孩子也沾点才气的意思；最重要的一点，这条街上还住着几个他当年一起"打天下"的兄弟。

老王初来乍到的时候，当地有个混混听到他的名气很是不服气，硬是要找老王单挑，老王再三推辞后还是答应了。比武约在六安桥边的榕树下，结果俩人打着打着就上了桥，那混混后退的时候脚下一滑，眼看就要掉下六安桥，老王眼疾手快，一把抓住他的脚踝，硬是扎稳马步悬空把个近二百斤的汉子提了上来。从此，老王一战成名，那混混又羞又愧，心服口服，日后逢人就说"老王才是六安街真正的老大"。

老王来六安街后又娶了一个女人,姓张,我管她叫张姨。老王当时为带孩子一筹莫展,原打算请张姨过来当个保姆,没想到日久生情,后来结了夫妻。

或许是老王买的房子真的风水好,总之,两个孩子后来都考上了重点大学。大儿子现在在福州自己创业,据说忙得都没空要孩子;女儿更牛,留学新西兰后定居下来,几年才难得回来一次。

三

老王以前的那帮兄弟们一个个先后离开了六安街,不是搬去了别的地方,就是去外地帮儿女们看孩子,只有春节的时候,才会赶回来凑凑热闹。唯独老王没地方可去,去福州,孙子还没抱上,只能给儿子添堵,去女儿那儿?老王去过一次,说待不到三天就想回来:"那鬼地方,冷清得很,还不如咱乡下热闹呢!洋话我就会个'哈啰',找谁聊天去?"

几年前,风闻旧城改造的步伐已经踏到了六安街,每年春节,老王的那些兄弟便会找上老王,一致说:"咱六安街一定得齐心协力地守着,不能让开发商轻易收了去。一辈子就等来一回拆迁,怎么说也得争个仨瓜俩枣,公家的钱,不拿白不拿。"

"有你王哥在,我们在外都放心,只要你觉得价钱合适,出得了手,我们也无二话。"

老王其实不差钱,九十年代那会儿凭着"江湖名声",他倒腾过假烟,垄断过客运,还承包过山头,贩卖过木材,近些年又参股了徒弟在县城的几家KTV,分红可观。总之,儿子福州的房子,女儿的留学费用,全是老王一人搞定。老王还把老家的旧房子翻了,盖上大别墅,让不愿来城里的老母亲享福。

老王两口倒是住惯了六安街的房子,要说感情嘛,那也是真有,但这显然占不到老王抗拆的一成理由。老王跟我说:"猴子,实话实说,也不全是钱的事,我那房子不大,能多拿几个钱?"

老王拼了老命抗拆,或许更多的是出于骨子里残存的"个人英雄主义"。

这些年老王闲来无事,看了很多关于拆迁的社会新闻,在他看来,强拆的个个都是坏蛋,而抗拆的,不论成败,个个都是悲情英雄。认定了这点,老王就想:怎么也得抗一抗嘛,说不定就真的比别的街多赔了呢?况且,兄弟们那么信任我,怎么着都要出头的嘛,我老王是从战壕里捡了条命回来的人,这些临时组成的乌合之众,我怕他们个鸟?

可老王怎么也没想到,两年前"击退"拆迁队后,一切就都风平浪静了。非但筹划的好多对抗方案都无用武之地,自己还落下了好大的埋怨,这让他焦虑。

他终于忍不住,问了一个当县人大代表的徒弟关于六安街拆迁的事儿,得到的答复是,县里决定暂时不管这块了,"六安街的人个个漫天要价,抗拆的头儿又是个老兵,有点麻烦,万一失手影响不好,先放着"。

徒弟带回来的话让老王很意外,不知道是该开心还是该别扭。

儿女知道了老王的"抗拆事迹"后,也是一肚子埋怨:"老头子,一把年纪了,留着清福不享,当哪门子好汉啊?人家多少人都等着拆迁安置呢,你偏强出头。现在好了,政府不管不问了,自己惹来一身怨,再撑下去,早晚得被口水淹死。"

老王问我该怎么办好。我说真想拆还不简单,女追男隔层纱,自己去找拆迁队谈,就按政策来,保证一下子就搞定了。

我说这话其实也是开开玩笑,可老王听了却很认真地想了想,说:"不行不行,我拉不下这个脸,大家还以为我背后收了开发商多少好处了呢!"

二〇一六年中秋,我提了盒月饼去看望老王。老王对我摆摆手说:"哎,猴子,学人送什么月饼,甜的东西我无福消受。"我这才想起他之前跟我说过,他年前体检的时候查出了糖尿病。

老王看上去瘦了许多,有点疲惫。他说打算回去乡下老家住上一年半载,陪陪老母亲,至于拆迁的事儿,他打算交给六安街的老傅全权去处理。老傅是个文化人,是省内一家大型钢铁厂退休下来的老会计。

"他能谈下来多少钱就多少钱,反正我是不打算再管这事儿了。"

四

二〇一六年国庆节前后,我接到朋友发来的微信,说老王被人砍了,现在正在县医院的急诊室里,还好伤势不是很严重。

其时,我正在外地出差,听到消息赶紧给老王发了个短信问安,说自己一回来就过去看他。

我到县医院的时候,老王正侧躺在医院的病床上,脸正对着门。见我来了,一手接过张姨削好的苹果就转递给了我。我连忙摆手,老王却执意要我接过,说自己吃腻了,这几天大大小小老有人送果篮来。

"你也是,买什么水果花篮,全是些烂果子,尽花钱。"老王大着嗓门说。

老王的伤并无大碍,背后被人砍了一刀,缝了二十多针。老王叫张姨撩起竖纹住院服,示意我过来看伤口,厚厚的纱布从腰间缠过再绕过肩膀,隐隐约约透出的暗红色血迹就在他那两个弹痕附近,像个惊叹号。

老王苦笑了下:"想不到活到一把年纪了还会被人砍,打仗的时候天天闻血腥味,回来打打杀杀也没这样流过血。这下倒好,还没跟拆迁队的人干,倒差点被邻居的一刀要了老命。"

老王是被他邻居王二妹的独子吴国强用菜刀砍伤的。吴国强三十岁出头,是个六安街的小混混,没干过什么正经工作,不是在这家红木厂做两天甩膀子走人,就是在那家厂子因偷盗木料被开除出去。后来说想跟人合股倒腾红木买卖,逼王二妹把棺材本都搬了出来,没想到半年之内就被他赌博输个精光。老王看在邻居的分儿上,说过吴国强几句重话,吴国强表面虽没说什么,背地里早就烦得要死。

有一次,吴国强在六安街瞄上了辆外地车,便找了个机会碰瓷儿。这事让老王看到了,不但帮着外地人做证,还把吴国强狠批了一顿,说有本事的年轻人谁会干这营生。

"你这是在丢你爸的脸!"老王毫不客气。

吴国强悻悻离开的时候含混甩下一句话:"你老王还不是一样,在等着碰开发商的瓷儿?"

这话让老王暗地伤心了好久。

后来吴国强谈了个女朋友,这女的本是冲着王二妹老宅要拆迁来的,初始小情侣还觉得有老王在,可能会赔个好价钱。不料这事儿一次次地没谈成,女孩失了耐心,甩了吴国强走了。

这一来,吴国强就更恨老王。国庆节期间的某个晚上,吴国强去参加朋友的婚礼,回来时喝得醉醺醺的,一路上越想越气,觉得自己讨不到老婆全是拜老王所赐,最后竟从厨房摸了把菜刀杀了过去。

"那小子来真的,一刀朝我头上劈过来,幸好我练过,虽然我现在老了点,但动作还是没忘掉。倒霉被一个橱柜挡着,没闪利索,要不然,凭吴国强那小子,十把刀也砍不到我!"老王回忆起当时的情景,一边说一边下意识做着动作,伤口撕扯得他"哦哦"叫出声来。

"好了,别逗能了,要不是老傅赶过来,你这会儿就被吴国强'光荣'了。"张姨白了他一眼,"猴子,你劝劝你师父,拆迁这事儿他就别管了,免得我成天提心吊胆的。现在我不是怕拆迁队使坏,就是怕那些等着分房的小年轻扛不住了,找你师父麻烦。"

"师父不是说,要回乡下避避吗?"我问。

"这不刚想走吗?吴国强那小子就等不及了。"老王一脸苦笑,"他砍我的那晚上,我正收拾行李呢!"

五

老王很快痊愈出院,吴国强因故意伤害罪,被判两年。

这事儿过后,王二妹每天都噙着眼泪来老王家,请求老王给张"谅解书"。说大半辈子邻居了,不看僧面看佛面,她丈夫当年跟老王也是过命的交情,可怜走得早,留下个孩子没人管教,才有吴国强现在这个样子。

王二妹呜呜地哭:"我就这么一个独苗,进去后出来就更讨不到老婆了,我们吴家绝后了,他死鬼老爸就是在地底也不能瞑目啊……

"要不是你不让人家拆迁,也不会发生这种事啊……王哥,我不是怪你,你也大人不记小人过,谅解谅解孩子吧……"

二〇一七年元旦过后,老王出示了"谅解书"。之后他就把老宅租了出去，带着张姨回到乡下生活去了。

回乡后，老王很快又聚集起一帮老友，我看他的朋友圈，时常有些喝酒打牌的照片，熟面孔中多见当年村里的老炮儿。老王不忌口，他的糖尿病愈发严重了。我劝他还是少喝点，他每次都说"知道了知道了"，说完又照喝不误，回头总跟我说："兄弟在一起，哪能不喝酒？没事的，打两支胰岛素就OK了！"

二○一七年夏天，我最后一次收到关于老王的消息：老王在自家张罗的一次牌局中，因心脏病突发离世，享年六十三岁。葬礼十分隆重，小城稍微有点头脸的人全来了，花圈多得放不下。灵堂上，张姨哭得死去活来。

六安街终于在二○一七年底动工拆迁了。按拆迁政策，张姨分得了两套房子和一间店面。老街是真老，推土机在两天之内就把它推成了一片废墟，只留下六安庙孤零零地立在一堆破垣残瓦中，政府正在讨论是要平移还是拆到别处重建。

成堆城堆的旧木料被旧货商们一卡车一卡车地运走，扬起的尘土遮天蔽日。我站在六安桥西边，向曾经熟悉的六安街望去，发现已然辨不清老王家原有的方位了。

四周的铁皮栅栏迅速立起，一切都快速且有条不紊地进行着，再过不久，这儿就是新楼盘了。

二○一八年清明的时候，我回家扫墓，顺便看望一下张姨。其时，她正在客厅的镜子前扭来扭去，见我来，有点不好意思地说，自己最近正组织村里的一帮老太参加广场舞比赛，她是领舞。说着，随即从沙发上拿起两套广场舞的衣服问我:"猴子,你说哪套好看点?老王说你一向眼光好!"

我胡乱指了其中一套,突然有点感伤起来。

三十多年前,这个客厅还是老王的后院,尘土飞扬中,他示意我从墙头上跳下来,问我要学什么功夫。我脆生生问:"猴拳,可以吗?"

老王哈哈大笑,声震屋瓦,拍了拍我的肩说:"没问题,你小子眼光真好!"

正在消失的一个人

乡村最后的仪式感

文 _ 文德芳

前言

"春雨惊春清谷天,夏满芒夏暑相连,秋处露秋寒霜降,冬雪雪冬小大寒。二十四节容易定,上下不差一两天,上半年逢六二十一,下半年逢八二十三……"在父亲一年到头翻着老皇历的喃喃自语中,年就到跟前了。

二〇一三年,我也加入了过年大迁徙的人流中,从晋东动身,奔赴两千多公里,回到了连接着我脐带的川南老屋。

那久违的年味儿,在父亲的心中是一种重要的仪式,是祖祖辈辈传下来的过年的另一种含义。

一

"跪——拜!跪——拜!"五更天,夜光隐退,晓色将临,四野响起零星的鞭炮声。父亲的声音轻、低，许是怕惊扰了从山冈的坟地里回家过大年的祖宗亡灵。声音被堂屋门口吹进来的冷风裹挟到我的耳边时，有一股冷凝、肃穆之感。

我和弟弟妹妹们紧随父亲身后，我们的孩子紧随在我们的身后，跪拜的队伍从堂屋透迤到院子里。我们听着父亲的号令匍匐、屈膝、叩首，再匍匐、屈膝、叩首，再叩首……烛火摇曳，清香袅袅在堂屋的檩梁间盘旋，又折回中堂上文氏祖宗先人画像上缭绕，烛火光影摇摇曳曳间，画像上的祖宗亡灵仿佛真有了动感。

画像前的供桌上整整齐齐地摆放着盘盘碟碟，里面盛着六鲜三牲三果，供品比我年少的时候更丰富。行完跪拜礼之后，我们依然毕恭毕敬地跪着，目光虔诚地仰视着香火缭绕间，悬挂在北墙画像里的家族祖先。父亲按着膝头慢慢起身，到一旁撕钱纸①，一边撕一边就着烛火将钱纸点燃，再轻轻地放在堂屋门后的瓷盆里。

钱纸燃烧间，父亲念念有词："文家的祖宗先人、家亲亡魂、公啊婆啊、父亲啊母亲啊，都来过大年了，文家子孙文伯成带儿女、孙子给您拜年了！感谢您一年到头对我们子子孙孙的庇佑！给您烧点钱，您拿上好好过大年，想买甚就买甚……"待香炉里的一炷清香燃到三分之二稍多一些的时候，给祖宗拜年仪式才将进入尾声。

---

① 一种川南传统的、带有特殊图案的暗黄色粗纸。——作者注

父亲撕开红红的鞭炮,就近舔着瓷盆燃烧的钱纸火苗,哧吭一声,鞭炮引线点燃了。在鞭炮的脆响里,我们徐徐地起身,慢慢地退出。

从我记事以来,年复一年的春节,都是这样,在祭拜祖宗中进入高潮,传统的过年也就这样被庄重地迎来。这种祭拜一代一代地沿袭、传承,爷爷传给了父亲,父亲再传给我们。

不过那一年,是父亲在世时,带着我们给祖宗拜的最后一次年。

二

二十世纪七十年代初期,过年割肉买副食还是凭票供应、按家中人数供给。

每到快过年的时候,父亲总是天不明就往佛荫场上的供销社赶。供销社在我家东南面的少东山脚下,离我家十五里山路。

川南的山区,腊月天气是一年里最寒冷的时节,有时天上还会"噗、噗"地飞下硬雪粒来。腊月二十三,天还不明,父亲的一双大脚就急急火火地踩在山路上,绕山咀,下山湾,山路在山岭间蜿蜒起伏。怀里揣着一年到头不舍得买,积攒下来的肉票、糖票,准备购买腊月二十三晚上祭灶的糖果,以及祭拜天地和祖宗的肉食。

天色微明,父亲已来到了佛荫场上,供销社远远相望,门还黑洞洞,可门前已排起了长龙般的队伍。

父亲站到了队伍里。就算是开了门，长长的队伍依旧比蜗牛爬行还慢。父亲一会儿搓着手，一会儿将双手交叉插在袖筒里，上下牙齿直打架，双脚由暗红泛青紫，麻木僵疼。总算排到父亲的面前了，可卖肉的一句——"地主崽儿，吃啥子肉哟？不卖！不卖！走、走、走开！"就要打发父亲走。

父亲站在肉案前，看着乌黑油亮的铁挂钩上悬挂的一扇扇红白相间的猪肉，伸手可及，却在这劈头盖脸的断喝声中愣住了。

"生产队没有人通知我不能买肉。"父亲木愣愣地站在肉案前，像是自言自语，又像是要阻止供销社持刀卖肉者的断喝。

"走走走，少在这里啰里八唆的哟……"卖肉者抬起执刀的右手，拿着菜刀指着父亲。

突然间，向来低言细语的父亲像是竭尽全力爆发了一般，歇斯底里地问："为啥子？哪个规定的？哪条规定的不卖给地主子女？"

供销社执刀割肉者放下了手中的刀，却不接父亲的话，高声喊："下一个！下一个！"父亲就这样，被人家一句"地主崽儿"硬生生地甩出了队伍。

一个上午，以同样的理由，父亲糖没买到，其他的副食也没有买到。父亲饿着肚子四处奔走，几次站立不稳，一个趔趄即将摔倒前，被一个老者扶住了。

"站稳了，啥时候也站稳了！找公社书记去！"老者抓住父亲的臂膀，一努嘴，指向了公社大院。

父亲径直跨进公社书记的办公室。"说凭票供应，我凭票割肉，为啥供销社不卖？我凭票买糖，为啥不卖？"

公社书记回："论成分嘛，地主成分有票也买不到。"

父亲说："哪一条规定的？你把白纸黑字的文件给我拿出来！省了一年的肉票、糖票，婆娘儿女就指着这过年了！"公社书记不再吱声，也拿不出文件。

一阵沉默，最后才说："那你等等吧，等到最后供销社如果还有就卖给你。"

父亲退出了公社书记办公室，又站在供销社前等着，看着一个又一个买到食品的人喜眉笑眼地从身边走过。

那天是小年，是灶王菩萨上天庭言吉祥的日子。结果可想而知，父亲空手而归，摸黑回了家。

那一年过年，我们家自然没有见着一点油星、糖食。

那时候，我尚不记事，这是后来父亲和家人讲给我听的。父亲讲给我的版本里，也并没有在供销社门口一直等到天黑、摸黑走在长长的山路上回家的情景。那时候，他是怎样的心情，我只能在父亲长长的叹息里打捞。

三

在整个合江县，文氏算得上是名门望族，祖上以耕读传家，到了爷爷那一代，依旧是开办私塾，捐资助学、乐善好施，以传道授业为生。

在合江烈士王焕卿生平记载中，有一句记录："与文树森、张鼎九等同志创办佛荫小学，在学生中秘密宣传革命。"文树森是我爷爷的同胞兄长。到我上学的时候，我的爷爷就任这所小学的第一任校长。

很快，爷爷被贴上了地主的标签。

爷爷去世的时候，我的父亲不到四岁，小姑八个月。三年后，奶奶在斗地主中被毒打后当天去世。父亲和小姑成了常常被人追着喊"地主崽儿"的孤儿，这几个字整整陪伴了父亲半辈子。

打我记事起，第一次有印象的过年仪式是红薯的甜香。

我至今还记得那一年父亲脸上沉默的表情。一整天，父亲都没有说话，到傍晚的时候，母亲生起火，父亲就将红薯切得方方正正，放在母亲早已洗得干干净净的木甑里。

红红的火苗舔着锅底，铁锅里的甑脚下只听见"哧、哧、哧"的水响声，随着甑盖上升腾起满满的蒸汽，红薯的甜香便进入我们的鼻腔，我们的肠胃开始咕噜噜地叫。

我和弟弟都不敢言声，也不敢喊饿，就坐在往灶膛里添柴火的母亲身边，让灶膛里的火烤到身上、手上。我靠在母亲腿上，昏昏沉沉地睡着了。等睁开了眼，八仙桌上，红蜡烛还亮着，盘子里整整齐齐地放着一盘蒸熟的红薯，香炉里飘出柏木、松木混合的香气。

那是我有记忆以来，第一次看着父亲过年的祭拜神灵祖宗的仪式，买不起供品，用红薯代替，我心里记住的都是红薯的甜香。

饥饿而温暖，大概就是我心里最原始的年味儿吧。

等我家能用整猪头、整鸡敬天地阎罗王、谢灶神司命、拜祭祖先，已是一九八〇年以后的事情了。我至今还记得父亲在长方形的大木盘里端着供品祭祀时的笑脸，木盘是父亲过年前特请木匠用纯柏木做成的，木匠做好后再上清漆、红漆，油漆了几遍，整个木盘都是红亮红亮的。

"人勤春早！"那是土地承包到户的第一年，父亲早早就开始了备耕。

还在正月初，乡亲四邻还在走亲串友，父亲就扛着犁铧、牵着耕牛到了梯田。初春的田湾里，整日都是父亲吆牛的呼喝声，以及耕牛的四蹄溅起的哗啦哗啦的水响。

有了自己耕种的土地，父亲一天到晚都在里面，早稻、中稻、晚稻，水田里一年四季，除冬季时令不适合种稻子外，从来没有空着过。土地里也是收了冬麦种红薯、玉米，收了红薯种油菜、豌豆，连田埂上都套种着蚕豆、黄豆、冬豆。"土地不哄人，你流多少汗，就会打多少粮。"那时候，父亲三十多岁。

父亲用汗水换来了满囤的粮食。有了粮食，母亲喂的鸡、鸭、猪，个个长得膘肥体壮。我们兄弟姐妹天天碗里端着的是白米饭，与以前菜汤都吃不饱的日子相比，是何其奢侈。

四

过上了好日子，过大年父亲用的祭祀供品也变了。

这一年，是土地承包到户的第一个春节，我家也是第一次熏制腊肉。刚刚过了腊八，父亲就从猪圈里赶出了一头大肥猪，白毛上镶着黑色，杀前活称过，三百多斤重。

杀猪时，乡亲邻里都来看，膘嫩肉厚的猪肉堆了满满一门板，所有人都啧啧地羡慕着。猪肉被父亲细致地腌制成腊肉，将精盐、花椒细致地抹在红白相间的猪肉上，再洗净大大的垆缸，晾干，将猪肉细细地码在垆缸里……在熏制腊肉、香肠的快乐中，腊月二十三又要到了，父亲紧接着就要为小年祭灶做准备了。

清早，母亲便将厨房里的家具或搬移到别的房间，或盖上盖子。父亲要"打扬尘"了。打扬尘，就是扫厨房的灰尘。我们家一年到头做饭都烧柴火、柴草、竹木、灌木，厨房与别的屋子不一样，屋顶上会结下蛛网，积下黑黑的灰尘，过年前要用特制的竹扫帚清扫干净。

清早，父亲就在竹林里选一根细长而直的竹子，砍倒拉回家，再将竹梢捆绑起来，便成了一把长长的大扫帚。这扫帚是有忌讳的，不能扫别的脏东西，只能是打扫扬尘用。扫完后，必须在院子里对着天空将它烧掉，谓之"熏鹞子"——如果不当场对着天空烧掉，来年家里的小鸡仔在屋外放养的时候，就会被山岭里的鹞子抓走，一天一只，或一晌一只，直到一窝小鸡仔被抓完。

虽然看似也没什么关联，但我记得小时候，家里的鸡仔可是吃过亏的。那天，母亲让我在家带弟妹，并看着家。也就五岁的我，看着天边云层越升越高，天空越来越黑，心生害怕，缩在屋子里不敢出去。快到晌午，忽听院子外传来母鸡异样的叫声，我才跑出屋子，正好看到一只鹞子从院门外高高的桉树梢间唰地下落，瞬间飞起，爪子间抱着一只小鸡，忽闪了几下灰色的翅膀，就没了踪影。我呆立着，张嘴哇哇大哭起来。

大扫帚绑好后，父亲戴着斗笠，身披蓑衣，将长长的竹竿握在手里，扫帚倒竖，伸向厨房的屋顶、墙壁不停地挥舞。这样的活计，需要力道和技巧，我家只有父亲能做得了。厨房里的蛛网、积尘便簌簌落下，乌黑松软，是我们家一年到头种葱种蒜的好底肥。

父亲打扫扬尘后，母亲便开始清扫地下、各个角落，洗涮厨房的一应用具，到晚上厨房已经收拾得干干净净了。

小年夜是灶王爷上天"述职"的日子。对父亲来说，祭灶与过大年一般隆重、虔诚、谨慎。晚上，父亲用香皂洗干净手、脸，拿出早早准备好祭灶的糖果、糖瓜儿、清香、黄表纸等，在灶王爷的神像前点上红红的蜡烛，再把清香小心翼翼地插入香炉，摆上糖果，泡上清茶，待清香燃到三分之二略多的时候，开始送灶王爷上天。

灶王爷神像两边的红色对联——"上天言好事，下界降吉祥"，已经被一年到头的柴烟熏得红色变成了烟灰色，也许百姓的日子就是这样，有烟火才算光景，才成人家吧。

五

祭灶之后，父亲开始忙着去佛荫，或者长江边的县城赶年集，备年货了。

从年集上请回了门神、灶神、财神，对联、香烛、表纸等过年的一应祭拜用品，唯有对联是父亲或我们自己写。买，不能叫买，只能叫"请"；点香，叫"上香"，或"敬香"。连"连年有余""五福临门""天官赐福"一众年画，都是父亲请回的。

腊月二十八这天，贴门神，贴财神，贴年画，贴对联。

贴门神时，父亲要念叨："左秦琼，右敬德，他们都是忠义之神！"

贴财神时，父亲也要念："财神进了门，入着有福人，福从何处来，来自大善心。"

等到大年三十吃年饭，除整个猪头外，还有香肠、腊肉、鱼，还要杀鸡。

鸡称"年鸡"，必须是开叫了的，大红鸡冠，黑翎羽的大公鸡。拔毛的时候，鸡尾上的翎羽要留最美的三根。掏了内脏，洗净以后，将整只鸡在开水里煮半熟，捞出来放在大大的供盘里，整理成昂首挺胸的姿势，另外在雄鸡的一边放上整个猪头，再在周围放上腊肉、香肠、鱼——鱼是油炸过的整条鲤鱼，在供盘里翘着红红的鱼尾。

待一切祭祀用品准备齐全后，太阳已经滚落到山巅的背后了，父亲对天地诸神的祭拜终于要开始了。先是在院子当中摆上供桌，在桌上放好供奉的大木盘，点燃一对红烛，在香炉里敬上三炷清香，背北面南。待香烟袅袅时，父亲便双手合十："过大年了，天地诸神，我文伯成祭拜感谢天地诸神一年到头风调雨顺的好年景！求诸神继续庇佑新的一年五谷丰登。"

随后，父亲烧一些黄表纸，再接着念祷天地诸神降吉祥："一降风调雨顺，二降国泰民安，三降三阳开泰，四降四季平安，五降五谷丰登，六降六畜兴旺，七降北斗七星，八降八大金刚，九降九天吉祥，十降十方如意。"

在我的老家，在父亲的生命里，年年过大年都是如此这般的具有仪式感。感谢天，感谢地，感谢田土，感谢先人，便是父亲心里的过年。

到丁酉年的过年，我们祭祀的文氏祖宗先人里，多了父亲的画像。

当清香点燃，我匍匐、屈膝，一个头磕下去，泪水涟涟。我哭父亲成了画中人；也哭随着我的父亲那一代人的渐渐离世，过年的仪式程序也渐渐疏远了。

我们曾在父亲的祭拜中，感受传统的年味。可将来谁来祭拜我们？我们的子孙又能在哪里寻找年味？

流动的麻村人

文 _ 王选

前言

四月四日,农历二月二十七,清明。

一早,微雨,我从武山坐班车赶到天水,江叔的车停在路边等我,准备一起回村。本来想在路边给祖父买点水果,但我没好意思张口让江叔停车,纸袋里就只提了几个在武山买的油圈圈。

去年清明,与妻在海南,今年无论如何,我都要回家去看看我的祖先。

一

半路,父亲打来电话,说天气阴沉,像有大雨,他们先去坟园,让我们随后赶去。

车沿着破烂不堪、大坑小洼的路行驶了一个多小时。上马鞍山,下沟，再上山，就到了麻村。

麻村，一个藏在黄土深处、山窝里面的普通村庄。除了有着一千八百米的高寒与阴湿，四周簇拥的槐树和杏树，五月满坡的野草莓，夏季繁密的蚂蚱，便与中国其他的村庄没有什么不同了。

到了老坟，先到的亲人们已经把坟园的蒿草清理完毕，一些胡乱生长的槐树苗也被砍掉，堆在一边。坟堆上，添了新土，江叔又背了几背篓土来，以表对先人的孝心。

坟园还是那块坟园，埋着我的祖先。

最上，是天祖父、天祖母；然后，是高祖父、高祖母……自上而下，坟茔满到了崖边，再埋一辈就没了地方。前几年，祖父只得请风水先生另择了新坟地，祖母便埋在那里。

听祖父说，我们祖上是搬迁来的，在麻村安家，算上堂弟的闺女，如今已是第七代人了。至于更远的先祖埋在哪里，祖父未提。客从何处来？谁都无法追溯到源头，而一切，来于黄土，终也归于黄土。

在我的印象中，每逢清明，我们家族去上坟，总有老老少少一大堆人，热热闹闹，好有阵势。

大人们说着农事、节气和眼前的光景，孩子们挑着长幡、提着香蜡、牵着风筝。到了坟园，祖父们干一些轻省的活儿，拾拾杂物，拔拔蒿草。父辈们轮番往坟头上添土，直到坟堆全被新土覆盖。有时候，他们还会扛来柏树种在坟园四周，孩子们就抢着提水、浇水……

在坟园里干活,一家的宗族感情在这里凝聚,血脉在其间流淌。祖父捏着一把蒿草,给我们指认祖先,这是谁,这又是谁。有时也会念叨起祖先们的生前往事,多是苦难,像甩不掉的云,罩在儿孙们的头顶。

一年年过去,上坟的人越来越少。如今,祖父那一辈能上坟的,只有三祖父一人;父亲那一辈,有五人,算最多的;到我一辈,似乎就只剩下我一个了。

每当在坟园看着日渐颓败的祖父和不再年轻的父辈们,再看看我的四周,除了旷野、荒草、树木,还有从北而来的倒春寒,就再无他物了。

曾经,我们跪下的是十几双膝盖,而现在,只有六双。我的这一辈,仅剩我这一双了,下一辈呢?我不敢想象。

越来越少的膝,就像人世间越来越薄的思念。

二

我的麻村,不植麻,不种大麻,不卖麻花,没有麻脸①和狼麻②,压根和"麻"搭不上一丝关系。

早些年,我一直为老祖先起了这么一个怪村名而愤懑,也羞

---

① 头茬类皮影。——编者注
② 中药名,具有清热解毒之功效。——编者注

于在别人跟前提起它，觉得一点都不洋气。每当有人问"你哪个村的"，我会答，"在梁村后面，上座山就到了"，或者说，"在梨村那一块"。

麻村不大不小，横卧在西秦岭末端的一个山洼的半坡上。过去，九十来户人家，四百多口人，靠天吃饭；现在，全靠打工。

二十世纪九十年代初，除去村里少数几个在兰州搞副业的，其他人全留在村里，春种夏耘，秋收冬藏，在十来亩山地上度光阴。日子清苦，甚至总要整天为了几个油盐钱操心忙碌，但村里鸡犬相闻，人声喧腾。

春天，漫山遍野都是人喊马叫，忙着耕地、撒籽、铺膜；正月里，老老少少凑一块，能耍起黑社火、马社火，一耍就是十来天；牙叉骨台上，老人们坐一堆，晒暖暖，说古今，天天不空；麦场里，四里八村的年轻人赶过来，打篮球赛，总要争个高低；炕头上，妇女们围坐在一起，拉着闲话，家长里短，织毛衣，纳鞋底⋯⋯

天再冷，总有人背着背篓拾粪，有人夹着鞋底串门；天再旱，总有人在山坡上吼着秦腔，赶着毛驴去放牧。

直到二十世纪九十年代中期，村里也掀起一波大规模青壮年劳力外出打工的热潮。人们的去向和工作大概是：兰州拉蜂窝煤，天水城里打零工，银川、内蒙古搞建筑等。

这一次，村里三分之一的主要劳力开始外流。城市，第一次将手伸向麻村的"口袋"，掏去了一部分人。

到二〇〇〇年，村里的年轻人几乎全部外出打工，地点覆盖了大半个中国。四十岁左右的人从事建筑行业，二十岁左右的人在车间加工零件，操作机床。

这时候的麻村，第一波血液，也是最关键的一波，被抽调干净。"61-38-99队伍①"开始形成。失去了主心骨，相对弱势的妇女成了家庭的顶梁柱。

可到了二〇〇五年前后，"38"这一群体中，年轻的一部分也开始流失。很多姑娘上完小学，最多初中毕业就去广州、深圳等地的工厂，从事服装、玩具等商品的生产加工。到了二〇一〇年，受周边村落的影响，麻村里五十岁以下的妇女几乎全部去了北京、天津等地。她们从事酒店服务业，或者干家政保姆。

麻村彻底进入了低迷期。农村劳动力被全完抽干，老人、孩子无人照顾，良田开始撂荒。重活、累活不得不全由年迈的老人承担。

近几年，"61部队"也开始从村里撤离。

二〇〇〇年左右，麻村还有小学，设有一至四年级，在校学生仅四十人左右。到了二〇一〇年，村小仅剩七八名学生，最后不得不关门。如今，本村在邻村上小学的仅有一个孩子，去梨村读四五年级的只有五六人。

村里只要稍微有点经济能力的人家，都会把孩子转进城里的学校。于是，村里仅剩的一点生机也消失殆尽，彻底陷入沉寂了。

---

① 对留守儿童、妇女、老人的戏称。——作者注

清明,正是种瓜点豆的时节,而我们一路过来,在田野上几乎没有发现一个人。进了村,依旧是一片寂静,遇人,也是三三两两。家家户户都是"铁将军"把门,村里连鸡叫声都没有。

清明时节,还有人上坟祭祖,平时麻村的状况就可想而知了。

我和祖父坐在炕头,说起村里人口日渐稀少的话题。他掰着指头给我齐齐数了一遍平常留守在村里的人,大小共约有五十个。用祖父的话说:"只有死烂无瓢了。"

到了下午五点,暮雨渐歇,天色依旧阴沉。我们别了祖父、姑姑等,准备返程了。麻村只会热闹(甚至就热闹不起来)这么一天、一阵,时间一到,我们这些人会被城市的大手再次掏走。

我们彻底成了麻村的过客。

三

收洋芋的人,是下午三点左右进村的。他们开着三马子[①],"突突突"地在村里逼仄的巷道里晃悠。最后,他们把车停在牙叉骨台。

牙叉骨台,是麻村的心窝子,属于东西通行的一段路。由于较宽,两铺炕一般大小,下面有一个两米高的悬坡,就像一个土台子。

往日里,闲暇的人就聚在这台子上,老人一堆,中年人一堆,

---

① 一种三个轮子的机动车。——编者注

摆闲话扯闲谈，村里的大小事项都会在这里过一遍，村里的流言蜚语都能在这里找到根源。所以，牙叉骨台不只是一个土台子，还是各种信息的汇聚和发散地。

收洋芋的人，圪蹴在台沿上，像两只麻雀。

如今的牙叉骨台铺了三米宽的水泥，却显得低矮了许多。或许是我长高了，或许它被人们的脚板和闲言碎语一层层地磨秃了。就如同麻村里那些曾经高大的人和物，如今都矮瘦下去，裸露出了卑微、憔悴的衰弱本色。

收洋芋的人摁开了喇叭，喇叭反复吆喝着："收洋芋来——收洋芋来——"是西秦岭这一带的土语口音，"收"和"来"字都扬成了拐弯的三声调，"来"字拉得长长的，像从乱线头里抽出的一根麻。

如此，一遍一遍，无休无止的样子。

以前，只要台子上来了一个灌醋的、换西瓜的、头发换针换线的、补鞋的、磨剪的、爆米花的、收猪毛的，这台子上就会堆满了人。大大小小都会来看热闹。

山里人家，无甚大事，也少外客，有个生人来做买卖，就如同过节一般，总要凑个热闹，才算放心。可如今，这个台子上只有收洋芋的人，空荡荡的。往事都如秋风过耳，销声匿迹了，就连曾经在台下觅食的麻雀，也似乎去了城市。

收洋芋的人在台上蹲了一个多钟头，也没有人来，询问价格的人也寥寥无几。最后，他们又沿着巷道走了一圈，边走边喊"收洋芋来——收洋芋来——",他们口中的声音和喇叭里的不一样,但同样疲惫地淹没在了柴草里、瓦檐下。

过了半个钟头,又过了半个钟头,麻村渐渐步入黄昏,收洋芋的人实在等不了了。他们开着三轮车,出了村,在村口遇上了赵平平的祖父,一个八十多的老人。他们下车,递给他一根烟,问:"老人家,村里谁家有洋芋?"

"哪还有啥洋芋,你看,到处荒着哩,没人种洋芋了,就算种,也就几分地,自己吃的。"老人哆嗦着嘴皮子,磕磕绊绊地说。

"我记得你们村里以前洋芋多得很,有些人家要种三五亩呢。"

"那是以前,村子里有人,现在没人了,谁种啊!"

"看来到处都一样,还以为你们村里好一些。"

"能好到哪儿?现在洋芋多少钱一斤?"

"八毛,最好的一块。"收洋芋的人伸出一根指头,在老人眼前晃了晃。

"哦,还是价钱低,一亩地收得好,也就是个两千块,还不包括化肥、人力啥的,这么便宜,种地划不来,也就收不住人的心了。"老人突然想起了什么,"对,你们收洋芋做啥?"

"当籽,我们那一个老板承包了些地,想种些洋芋,打发我们来收,没想到一天连个洋芋芽芽都没收到。"

"到别处看看吧。"说完,老人转过身,背搭着手,颤颤巍巍地走。看他走路的样式,就是种了一辈子五谷的人,可如今,他种不动了。

收洋芋的人，几口咂完了烟，长长地叹了一声，把烟屁股丢地上，使劲碾了几下，先后上了车。三马子"突突突"地干咳着，出了村。

没有收到洋芋籽，那洋芋，该怎么种？我在进城的车上想："没有籽，洋芋是不是就真的'断子绝孙'了？"

四

过去，清明前后，麻村，一般都是种洋芋。

种洋芋，先要切籽。从窖里掏出旧洋芋，拣洋芋上窝窝匀的，切成数牙。每牙上要有窝，那是洋芋的肚脐眼，新芽会从那里生出来。切成的籽，堆在一边，小山包一样高。案板和切刀上沾满了白晶晶的淀粉，在太阳下泛着的光。

有了籽，就可以种了。一家人，赶两头毛驴，驴驮着籽种和化肥，大人背着耱①，挎着粪斗。孩子扛着刨子、镢头、铁锨，胳膊上挽只竹篮子，装着干粮。

孩子牵着驴，驴牵着大人，大人牵着一场春风，在青草萌动的雨后天晴中下地了。

进地，先要扬把粪。粪是去年腊月里盘新炕拆下来的炕土，年后春分时拉到地里，一直窝着。炕土已经敲碎，刨开一镢头，

---

① 一种用荆条等编成的农具，功用和耙相似。——编者注

一股浓烈的潮湿的混合着杂草、木头、树叶、牛粪、驴粪、马粪发酵后的炕味,扑面而来。这种气味吸入肺腑,浑身就如吃了芥末一般通透。

上粪,也各有窍道。种洋芋、玉米、麦子等,粪一般均匀地铺撒在地里。种葵花,要把粪撒在犁沟里。粪扬不到的地头,要用粪斗装上,再撒。

然后,耕地,遗籽种。套好驴,女人牵着,男人扶犁,在地边上引个边。有了第一道犁沟,驴就会跟着沟走,很懂事。

一犁过去,女人提着满篮子籽,紧随其后,一步一窝,均匀地遗着。耕过的地,犁头会翻起大土疙瘩,我们叫"基子"。小孩的任务,就是举着刨子或者镢头满地追着打基子,敲碎成沫。要不然基子压在上面,苗出不来。

遗完籽,开始撒化肥,一般用的是绿豆大、灰色的土磷肥。男人用粪斗装着,来回撒,一会儿,湿漉漉的泥土上就落了一层灰色的磷肥,磷肥遇潮,就发黑了。

这一切忙完,就到了十点多钟,太阳架在吐着新叶的树梢上。一家人一屁股坐在地头,开始吃干粮,一人一片馍,也没个汤汤水水,全靠舌头搅和。有些人家会提一罐酸菜,撒了盐,放了辣椒,就着吃。

吃干粮时,临地的人,端着干馍,互相吆喝:"娃他爸,来吃干粮。""啥好吃的?""层层油饼,来吃。"

吃毕,地也晾干了一点,就该耱了。耱,一人高,长条形,用什么藤条编的不清楚，反正大拇指粗，三五十来斤重，小孩背不动。

耱的一面挂在犁具上，驴拉着走，人站上面，一手牵着驴尾巴，一手扬鞭子。靠人和耱本身的重力碾压，把耕过的地变得舒展平整，像梳子梳过一般。

耱地是人站耱上，驴拉着走，像坐架子车，看着是个轻松活儿，其实不然。地到头，要提着沾满泥土的耱调过头，地陡，站不稳，会溜到沟里，遇到大基子，踩不实，会翻。小孩喜欢站耱，但人太轻，一个大基子颠起来，就会压倒在耱下，吃一次亏，小孩就不敢站耱了。

耱完地，洋芋就算种上了。太阳搭在脊背上，温暾暾的，像背着半面炕。晌午了，人困驴乏，打道回府。

回家的路上，男人们顺手扛半截枯木头，拿回去烧火；女人们顺着地埂，掐几把野菜，回家里用开水一焯，碧绿剔透，撒了油盐，便成了饭桌上的一道亮眼菜；孩子们走不动了，就架在驴背的鞍子上，摇头晃脑。

孩子表现好，才让骑驴。大多数时候，干完活儿的牲口，不能骑，一早上又耕又种，牲口也累坏了。在乡下，没有一个人不惜疼牲口。这惜疼，并不比惜疼孩子差。

在麻村，一般人家，小户，都得种一二亩洋芋。洋芋，是一年四季离不开的主食，煮、炒、烧，做洋芋粉面，就连浆水面里也要切一颗洋芋，才吃得踏实。

可现在，田地荒芜，蒿草如风浩荡。种洋芋在麻村也似乎快成为历史了。

我遇见过喜贵爸，一个五十多岁的跛子，是村里无法出门的中年人之一。他曾经跛着一条腿，满山遍野地种，除了自家的，他还租了别人家的地。而如今，他也不种了，在家闲着。

他说："一来种不动了，腿疼得厉害；二来种点洋芋，被野物（野猪、野鸡）糟蹋光了。"

五

去年冬天，我在麻村的QQ群里看到一张野猪的照片。后来才知道，这只野猪是被农药毒死的。

我是没见过活野猪的。倒是我家东台梁的一块地下面，有一个三四米高的崖，崖上有几个水桶粗的洞，洞口被柴草的烟火熏得漆黑。听别的孩子说，这是熏过野猪的。

后来，野猪没有再出现过。人们似乎都忘了，这世上还有野猪这种东西。

野鸡倒是常见，我们那里叫"呱啦鸡"，因为它飞来"呱啦啦"地叫。

小时候，去坡里的路边放牛，一只休息的野鸡被惊到，翅膀扇得扑啦啦，嘴里呱啦啦，弹向天空。我吓着了野鸡，野鸡也吓到了我。

本来路上想着编蚂蚱笼，被这野鸡一吓，惊得魂飞魄散，膝盖酸软。于是，捡一块土疙瘩，朝飞远的鸡屁股扔去，骂道："去死吧。"土疙瘩在空中滑出一个优美的弧线，掉进了葵花林，打得叶子哗啦响。

有一年夏天，我跟着大妈去割麦，和兄弟们在麦捆中间捉迷藏。麦捆割早了，摞起来晾晒，我一头扎进麦捆中，发现里面有黑乎乎的东西动，以为是蛇，"啊"了一声跳出来。

兄弟们跑过来，我们探试着提开麦捆。哇！一窝野鸡娃，拳头一般大，灰褐色，慌慌张张地站在干草窝里，叽叽叫。我们脱掉破汗衫，举起来，一哄而上扑过去，野鸡娃没扑住，却扑了个狗吃屎，啃了一嘴土，还被麦茬戳破了嘴皮。

我们满地捉，但这些家伙跑起来不是一般快，像练过凌波微步似的，东挪西闪，统统钻进草丛不见了。我们怅然若失，只能站在地埂上，继续扬土玩。

小时候，村里有猎人，猎人有老土枪，能打野鸡。

他们发现猎物，不急着打，而是丢土疙瘩赶。一赶，野鸡飞进一堆酸刺，他们跑过去；再赶，野鸡胆小经不住赶，急了，一头扎进土里，屁股朝天撅着。猎人端着枪，瞄准，喷射的沙子像一张网罩过去。

灵活的野鸡，听到上闩声，一伸翅膀冲上天。飞得迟的，翅膀上挨一颗沙子，跌下来，成了猎人的囊中物。还有些只会撅屁股的笨蛋，就被沙子打成筛子了。

流动的麻村人

一开始，老土枪没人管，后来乡政府和联防队的人来，枪全没收了。猎人没了枪，就像人没了手，野物渐渐多起来。

三四年前，种地的人，试着在地里放拌过毒药的玉米粒，毒田鼠。野鸡吃了，也一命呜呼了，慢慢地，野鸡竟也成了山野里的稀罕物。可这两年回去，听村里的老汉说，"野物又来了"，那语气，和说"狼来了"一样。

村里的人越来越少，牲口越来越少，荒地越来越多。原先有人撒毒玉米的地，现在蒿草能把人淹没。在麻村，大批的野物和草木一道携裹而来。

我们去上坟，一路上野鸡惊飞，甚至有些胆大到人吆喝它，它都懒得理。还有的屁股后面领着几只鸡娃，优哉游哉觅食吃，好像土地的主人。而野猪，更是在村庄周围出没，人们总能看见几只在树林里溜达。

按理说，野物多了说明生态环境好了，是好事。但有时并不是这样。村里留守的老人总是诅咒着这些野物。

春天，秋田入地，野鸡们就开始狂欢了。它们在没人惊扰的地里闲适地翻刨着泥土，把葵花籽掏出来，剥了皮吃。到了谷雨时节，侥幸没有被吃的葵花、玉米的苗从土里钻出来，又成了野鸡们的美餐。被啄过的苗子，水分流失，很快就会枯死。

而种到地里的洋芋，更饱受摧残。野猪们噘着长獠牙的嘴，像翻耕机一样，在地里齐刷刷地拱过去，种进去不久的洋芋籽种就白花花地暴露在光天化日之下，野猪们嘴角流着涎水，一粒粒吞食着。

等着下镰的麦子同样也被糟蹋。麦穗被吃掉，野猪打个滚，把麦秆压倒，拉一堆粪，再乱拱一通，扭扭屁股就走了。

到了秋天，野鸡蹲在玉米棒子上，悉心地剥开皮，一粒粒地吃，空留一个光棒子在风里颤抖着……当然，在麻村，野物，不仅仅是野鸡、野猪，还有野兔、瞎瞎（鼹鼠）、松鼠、山鸟等，全都加入到与人夺食的队伍中。

一开始，人们还会扛铁锹去赶野物，野物们还知道怕，后来发现来的都是一些没有攻击性的老头老太，也就不当回事了。

撒药吧！毒死一个，来了一批，前赴后继，它们的生育率远远大于死亡率。这些野物，就这样嚣张疯狂起来，在村庄周围耀武扬威，无所顾忌。原本还打算种点五谷的人，不愿给它们种口粮了。于是，在麻村，人和自然的平衡关系就这样被打破了。

野物和人争食的年代，人，败下阵来。

从奔赴到离开

文_子禾

前言

大学刚毕业的时候,我在著名的北京六郎庄住了将近一年。当时的一些情景,诸如房客、房东、邻家小孩……各色人等的小故事,至今回想起来仍历历在目。

曾被戏称为"中关村宿舍"的六郎庄,和"北京"甚至"中关村"之名对比显得格格不入。但作为一种活生生的现实,从某些意义上来说六郎庄永远不会被时间摒弃。哪怕它如今已被拆迁,但它不会消失,而是更名换姓,改头换面,以别的形式存在于另外的地方。

一

在六郎庄近一年,竟不知道它有"中关村宿舍"的惊艳别称。真是没想到。乍听起来这确实有点儿令人惊异,惊异于它的某种恰切：它概括了集脏乱杂于一体的六郎庄和有"中国硅谷"之称的中关村之间极其重要、隐秘又尴尬的关系。不知是谁，起了这个听上去体面又含义饱满的美名。

这个别称，六郎庄是完全当得住的，甚至细想起来，还有点不足，不足以概括六郎庄的重要性。因为六郎庄的影响范围远超出了中关村，也远超出了中关村所象征的电子科技互联网领域。靠近中关村的六郎庄，和靠近上地软件园的唐家岭、靠近CBD的化石营、靠近清华北大的水磨社区、靠近西北三环的南坞、靠近西二旗的沙河等著名的北京城中村一样，以其租金低廉、距离近便的优势和与之相应的脏乱差，为周围地段各行各业的"寻梦者"提供了初期的落脚点。

二

第一次去六郎庄是二〇〇八年九月底，那天下着小雨。密密麻麻挤在一起的低矮小房子的屋檐上"噼里啪啦"滴着水，水汇成一片，流淌在小巷子的每一个低洼处。我们不得不断地拐弯拐弯，左蹦右跳，前躲后闪，同时还要注意小巷子两边墙壁上、电线杆子上的招租广告。

忽然，一家门口闪出一个中年妇女，慢吞吞地用仿佛舌头打了卷儿的北京话说："你们是不是要租房子啊？看看我这个，我正打扫呢，地板我都用84消毒液消过毒了。"这是一个简陋的微型四合院,几间平房,进了朝东的永远只开着一扇的院门,正对的是正房,房东一家住,左手是窄小的厨房兼烧暖气的锅炉房,右手是要出租的房子,十二三平方米,房子很老了,刷白的墙壁上渗着不均匀的暗黑,一张挺大的双人木板床,一张桌子,两个柜子,都很旧。院子很狭窄,五六平方米,靠墙堆放着几棵大白菜和几根大葱、去年没烧完的蜂窝煤以及几双旧鞋子。房檐下有个燕子窝,我说:"哎,还有个燕子窝呢。"女房东有点自豪:"可不嘛,每年秋天就不见了,第二年春天一愣神儿工夫,又回来了。"

六百块一个月,比我和爱人的上一家出租屋便宜将近三百块,就这么定了。一个星期后,我们就从遥远的石景山古城搬到了这里。从搬来的第一天起,女房东就告诉我们,不许使用他们的厨房,我们可以在房间里做饭,但是不能炒菜,理由是:"自己的房子,都要很爱惜的,炒菜有油烟,白墙都给熏黑了,灯也会熏黑。"后来她还特意建议:"你们啊,要是没事就别在屋子里开灯,或者买个小台灯也成,那样省电。顶灯不少钱呢,老开着容易烧坏。"

房东两口子之前都在公交公司上班,老公当司机,老婆当售票员。现在退休了,老公在公交公司看车,老婆在家当全职包租婆——除了自家院子里我们住的这一间,她在六郎庄的另一头还有一小栋楼,十几个房间,一个月租金收入万把块钱。

有一次我们在屋子里熬粥,热气腾腾正要盛的时候,外面"咚咚咚"几下敲门声,随即门被推开个小缝,是女房东伸进了头:"你们干吗呢?说过不要炒菜,怎么又在炒?"我拿开锅盖让她看:"阿姨,您看,我们真没有炒菜。"

当然了,偶尔我们也会偷偷地炒一下。

我们共用一条网线,费用对半,但基本上女房东都会把路由器关掉:"人家说了,就那么插着,表也是要走字儿的。"

冬天烧暖气,总说煤又涨价了,这样一来,我们处在暖气管道末端的房屋总是有点冷。我去反映,女房东说:"没有啊,我这屋挺暖和啊。"

三

离开她家三四个月后,有一次帮一个朋友临时租房,找到她家门口时,小吃一惊:原来的低矮房子都不见了,巷子里挤起了一幢崭新的四层小楼,每层都有五六个六七平方米的小房子。

女房东在门口看见我,客气地打招呼,听说我们要租房子,就热情地带我们去她家楼上一层一层参观,边走边自然而然地介绍着:"说是要拆迁,人家都在盖房子,我们也盖起来了。"到了四楼她家人住的地方,还特意带我们去看为独生女准备的婚房,一边看一边介绍每一种家具,说是在哪儿买的,什么牌子的,多少价钱,后来说:"对象是外地的,在公司上班,老实巴交,个儿也不高。你叔叔一直不满意,可是姑娘愿意,你说吧,能怎么办?"

她所说的"你叔叔"就是她老公,我们背后称之为男房东。这是一个奇人,几乎每个晚上都是喝完酒回来的,一进门,偌大一个小院子里立即弥漫起浓郁的二锅头味儿。每每这个时候，除了他的家人，逮着谁都要发问一番，似乎独孤求败的高手好不容易偶遇了一个可以过招的人："你不是大学生嘛，我问你几个问题。"

不等别人应声，他就开始发问："天安门广场多大？人民大会堂多大？中国有多少穷人？你如何让中国人民达到共同富裕？"如果你说，不好意思，我们不太清楚，他会立刻表现出恨铁不成钢的愤愤："不知道？这哪儿行啊？你还大学生呢，大学生有什么用啊，不关心国家，这些都不知道，国家培养你有什么用，你怎么让全国人民共同富裕？"

这样心怀家国大事的人，却也能表现出一种自豪的通情达理。我告诉他，打算另租一家更便宜的楼房单间时，他毫不含糊地说："没问题。我支持年轻人按照自己的收入水平来安排生活。"

当年春天来得晚，搬走时虽已三月，那小屋屋檐下的燕子还没回来打个照面。

四

我们搬到了另一家，楼房，还在六郎庄，与原来这家只隔一条小巷子，房租每月四百五十块。我们所住的一楼，大约住着七户，都是小年轻。如果说这里每天晚上的听音乐、看电视、说笑、洗漱、叫床和大清早的出出进进关门开门声，统统算是噪声的话，那么上一家女房东的突击敲门声和男房东出人意料的诘问，简直算不得什么了——毕竟是偶尔的，并且就他们两人。但这里所发生的声响，是十几个人琐碎却真切的全部生活。

工作日的白天，六郎庄多少有点冷清，只有一些老人和中年包租婆偶尔在街上来往。村子西头的菜市场，街道上的各色店铺以及只有一名医生的六郎庄诊所，虽然都敞开着大门，却少人光顾，就连平时在街道上到处跑的脏不拉几的野狗，也会找一个墙根无精打采地卧着假寐。

下午四五点钟，就热闹起来了。

从中关村和巴沟回来的衣着考究而满面疲惫的年轻上班族，从颐和园东门以及海淀公园回来的愤世嫉俗的遛弯老头，从不知道什么地方三三两两骑车归来的玩世不恭的青春期男女学生以及顽皮的小学生，从北大西门穿越芙蓉里回来的外地来的北大旁听生，还有不知道从哪里来的邋遢而面目黑红的小商小贩——卖冰糖葫芦的、卖烤红薯的、卖煎饼的、卖水果的、卖棉花糖的、卖各色碟片的、卖盗版书的、卖祖传秘方的、卖内衣裤的、卖挂炉烤鸭的、补鞋的、贴膜的——都出动了。

杂货铺、小超市、羊蝎子馆、沙县小吃、兰州拉面、山西刀削面、驴肉火烧、理发馆、福利彩票店、成人用品店、药店、菜市场、菜店、美甲店、服装店、鞋店，都亮起了霓虹灯，小老板和他的伙计们打起了精神，开始应对刚下班的年轻消费者。猫猫狗狗也都来了精神，在人流中穿梭追赶，乐此不疲。

一下子，街道上摩肩接踵，拥挤嘈杂，灰尘浮动，像是乡下顶顶繁盛的大集日,整个村子,哪怕是还在聚精会神下棋的老头或是坐在屋檐下乘凉的盲眼老妇,都被置入了某种不可抵挡的躁动的兴奋中。

这让每个人都无法逃避的躁动,大概要等到晚上十点十一点才能消散,绝大多数人在此期间享受生活、消费、休息、在街上溜达,然后回自己六七平方米的出租房里说笑、看电视、吵架、洗漱、做爱、休息,为新的一天积聚能量。

五

搬到第二家后,去二楼的女房东处登记。女房东清瘦文气,像个退休的女干部,鼻尖儿上架着老花镜,看纸上的表格时,身子靠后,透过眼镜看;看人时,身子前倾,眼珠上翻,每一次都小心翼翼,熟练地找着那个最合适的角度。这大约是许多戴老花镜的人通常都会采取的观察法,但总给人高高在上随时都在藐视的感觉。

不管是女房东还是男房东,知道我们是大学生以后,似乎总要比见到别人更客气一些。每个月去交房租时,女房东会问,住得怎么样,有没有什么问题需要她解决的。我说都挺好的,就是偶尔有几家说笑看电视的声音大了点。女房东说:"我跟他们说说去,如果还不改就直接给轰走。"

原以为她也就是客气说说,没想到第二天晚上八九点的时候,我们在屋子里忽然听到"啪啪啪"的敲门声。楼道对过的一家开了门,女房东非常直接,大声说:"你们声音小点儿,这么吵还要不要别人住,要不能安稳住,明天就搬走!"大概那个屋子里住的是一帮风风火火惯了的比我们还年轻的小姑娘,一下子蒙了吧,人在屋檐下,听不到哪怕一句反驳的话。

田地里的一个人

八个农村老家的真实故事

文_李若

前言

我的老家在河南南边,与湖北接壤,属于大别山区。如今,农民靠田地致富已非常艰难,按照老家人的说法,累死发不了财。大部分年轻人背井离乡出外打工谋生活,留守的都是老弱妇孺,没有几个真正的劳动力。这是发生在河南南部山区的八个生老病死的故事。

种田

种田向来都是重体力活,老家地处丘陵地带,现代化机械用不了,基本只能靠人工。

老人们种的红薯、玉米等产量高、水分大。田地远了,太沉的农作物就弄不回家,只能就近种种,远处的田地只好抛荒。

好好的田里长满了水草，或者长着树，都是屡见不鲜的。

现在，农村最常见是景象是：老大爷在前面走，背着犁牵着牛，老大娘一手牵着小孙子一手拎着农具，还揣着水杯或者几块饼干，一起去地里干活。

四处看，田野里都是老人在干活，小孩坐在田埂上玩泥巴或是捉蚂蚱。

农历四月，是农村又割麦又插秧的抢天时。今年农忙时，我担心妈妈太劳累，就打电话说："妈，我回去帮忙吧。"妈妈赶紧阻止我："不用了，麦已收回来了，秧也插完了，你回来也是玩，还坐车跑来跑去的，既花钱又受罪，等过年再回来吧。"

我不相信这么快家里的庄稼活都能干完，于是请了一个星期假，买了张车票偷偷回家。

回到家天都快黑了，妈妈还没回来，左邻右舍说："你回来得正好，你妈正在收麦子。你回来做饭也好，免得她忙完田地活还要回来做饭。"

我跑到田边一看，移栽田还是一汪水，秧在秧田里一点没动。"你不是说农活都干完了吗？秧插完了怎么还是块大白田？"

母亲不好意思地笑笑："我不想让你回来受罪，又热又累，我自己慢慢干就行了。"

回来的路上，田间地头上，除草剂和杀虫剂的药袋子随处可见，我问妈妈："这些不都是有毒的吗，怎么还用得这么普遍？"妈妈解释道，年轻人都出去了，田地都是老人种。老两口种二十多亩地，靠人工拔草捉虫，白天黑夜不停也忙不过来，只有打药了。"药打轻了还治不了，得下猛药。买药不是一瓶一瓶地买，是成箱成箱地往家搬！"

在我们村，每年都有小孩误喝农药致死的事发生。粗心大意的家长把农药随手乱放，小孩不认识字，以为是饮料，拿起来拧开盖子就喝。

前几年，村里的一个小孩打开一瓶敌敌畏喝了两口，还举到大人面前，说："这还挺好喝，给你尝尝？"大人一看，抱起小孩就往医院跑，可没跑几步孩子就口吐白沫了。

留守

回家没几天，邻镇就发生了一件惨剧。

这家只有一个两岁的孩子和爷爷，孩子的父母都出去打工了，爷爷带着孙子在田里打油菜籽。

小孙子在田边自己玩，困了，就倒在油菜秆上睡着了。爷爷打完油菜籽，就像其他人烧麦秆一样，随手就把油菜秆点着了。这样做，一来不用费力往家运，二来烧了草木灰能肥田，一举两得。

火借风势，半间屋子那么多的油菜秆烧得"噼里啪啦"响。

等收拾停当准备回家，爷爷才想起孙子。他发疯一样在大火里找孙子，可是孙子早已被烧得惨不忍睹了。

或许是实在无颜面对儿子儿媳，或许是过不了自己心里这一关,在儿子儿媳妇往家赶的路上,这个爷爷就喝敌敌畏自杀了。

寡妇

二姐夫善银比我大几岁,四十刚过就去世了,留下一家老小。

前年冬天,原本在新疆打工的二姐夫提前回了家,说身体不得劲,不想吃饭,感冒总是好不了。

他去医院一检查——肾癌晚期。

谁也想不到二姐夫年纪轻轻竟然得了肾癌,上有六十多岁的父母,下有几岁的儿女,该怎么办?

二姐夫拿出这些年打工的全部积蓄,先在武汉住了半个月的医院,后来又辗转到郑州。那几个月,花钱如流水,病情却越来越严重。

一段时间后,二姐夫不认人了,他在病房里见人就打。二姐身上经常被打得青一块紫一块,老父亲也挨了打。医生没有办法,就用绳子把二姐夫捆在病床上,医生说:"他可能是无法接受自己得了绝症,情绪失控精神失常了。"

最终,在医院住了半年的二姐夫花光了全家的积蓄,撒手而去,留下了三个未成年的儿女。

过年时我见到二姐,她形容憔悴,瘦得剩一把骨头。我问她以后有什么打算,她说夫家的人担心她一走了之,把三个孩子抛给爷爷奶奶。于是在善银刚死的时候,夫家就规划好了:由大哥安排，他们一家老小全部搬去郑州。他们给二姐找了一份在酒店打扫卫生的工作，给老父亲找了份看大门的班，老母亲就在家洗衣做饭，照顾三个孩子。

现在，他们全家的希望都寄托在儿子身上。"只要把虎子供出来就好了。"二姐不断地念叨着。

"再过几年有那个本事考上大学更好，考不上就送去当兵……两个姑娘上到什么程度，就供到什么程度，如果上完高中不读了，就去打工……"

"你还年轻，还不到四十岁，不打算再找一个吗？"我问。

二姐说："谁愿意给你养三个孩子呢？"

养老

前几天给妈妈打电话时，妈妈说五奶奶死了。

我很吃惊，五奶奶八十岁了，虽然满头银丝，但身体还硬朗得很，耳不聋眼不花。今年回去，我还和她开玩笑说，我要是八十岁的时候身体像她这样就好了。

听村里年纪大的人说，五奶奶原是陪嫁丫头，因为正房不生，为续香火，五爷把她收为小的。五奶奶挺争气，一口气生了三子两女。

几兄弟分家时，是口头协议，分工合作的：大伯父负责五爷的丧事和两个妹妹的出嫁；二伯父负责正房五奶奶的生老病死，五奶奶顺理成章就归三叔管。

五爷去世得早,丧事是大伯父一手操办的,后来两个妹妹出嫁也是他负责的。大伯父的任务算是完成了。

正房五奶奶分到二伯父家时,身体不太好,只在二伯父家住了一年多就一病不起,没有多久就撒手人寰。二伯父照协议把正房五奶奶送上了山。

五奶奶分到三叔家时,还不到七十岁,她帮着三叔家带小孩、做饭、养鸡喂猪,干了不少活。

随着打工大潮的兴起,三叔带着老婆孩子去大城市闯荡,留五奶奶在家闲待了一段时间。而后,五奶奶的女儿接连生了孩子,五奶奶又去城里带外孙,一带又是十多年。

这期间三叔一直在上海打工,五奶奶就在两个女儿家轮流住。

前年三叔回来了,把老房子翻盖成了小洋楼——给儿子娶媳妇做准备。

五奶奶觉得自己年纪大了,不能再在女儿家住下去了。"万一哪天一口气上不来,不能死在女儿家……毕竟女婿是外姓,得叶落归根。"她琢磨。

可是三叔的小洋楼却容不下五奶奶。

三叔振振有词:"你这么多年帮女儿家带孩子,不管我家的事,对外孙比对孙子亲,我回家,家里就像跑了人一样,院里野草长了一人多高,那时你在哪儿?如今我楼房建好了,你要回来,早干吗去了?"

五奶奶说："当初你们兄弟早就讲好了，他们的任务完成了，你的任务没完成，我就该你管。"三叔不理五奶奶，过完年把门一锁又出去打工了。

五奶奶没有办法，只好找来族里德高望重的人评理，族人们和稀泥，又找来大伯父二伯父，让五奶奶在他们家轮流住。大伯父二伯父口头上答应了，但是心里却大不乐意：我们的任务完成了，这是老三的事，凭什么我们帮他赡养老娘？老三住起了小洋楼，我们还住的是平房，太没有天理了。

五奶奶在大伯父家住下了，大伯母嫌弃五奶奶扫地像画龙，洗碗不干净。

住满三个月，五奶奶去了二伯父家。有一天我去二伯父家玩，五奶奶洗衣服去了，二伯母说："前几天我走亲戚不在家，回来冰箱里的肉少了不少，坛子里腌的鸭蛋也少了，会不会是五奶奶偷着送给大儿子家了？"我赶紧宽慰二伯母，说有可能是记错了，这种事没有看见不要瞎猜，手心手背都是肉，五奶奶没有必要这么做。

下半年，五奶奶又轮到去两个女儿家住。年后，五奶奶再也不愿意在几个儿女家轮流住了，就借了村里一户人家的空厢房住，吃的米面由两个儿子提供，油盐归两个女儿管。

前一段时间，五奶奶烧开水时不小心被开水烫了，一瓢开水从胸部一直淋到小肚子，天气热，伤口发了炎。过了一个星期，五奶奶就在借住的厢房里，孤零零地去世了。

看病（一）

一个中午，烈日当头，我正陪妈妈在做午饭，听到村中传来阵阵鞭炮声。我问妈妈是怎么了，她叹了口气："老汪头五十多岁，身体好好的，说死就死了。昨天中午，几个老头在村小卖部门口坐着抽烟聊天，快晌午的时候，老汪头说他该回家吃饭了，站起来刚迈步，就一头栽倒了。还没有送到医院，人就停止了呼吸，医生说是脑溢血。"

"阎王让你三更死，绝不留你到五更。"妈妈不断感慨着。

在我们老家，人们常年都不体检，血压多高都不知道。小病挺，大病扛，头疼脑热就吃点感冒药。只要还能动，就不叫病。直到实在受不了的时候，才会去医院检查。可那时候早就晚了。

村里人都说老汪头身体好好的，没病就死了。是因为不体检，有病也不知道吧！

看病（二）

我叔叔家的堂弟祥子，是个命苦的留守儿童。九岁时妈妈肝癌去世，爸爸带着五岁的妹妹去江苏宜兴的石灰窑打工，祥子在老家上学，寄养在伯伯家。

直到妹妹要上学，爸爸就不再出去打工了，他在老家种田，或寻点开山炸石、捕鱼的活。祥子也算是过上了几年安稳日子。

初中毕业，祥子去餐馆当帮工，每天凌晨两三点起床和面、发面、包包子、磨豆浆、熬粥、炸油条。白天老板休息时，他还要帮忙看老板两岁的小孩。他干了一年后，就放弃了。第二年，他跟着亲戚去东莞打工，进模具厂干了几年。

二十多岁到了找女朋友的年龄，祥子又跳到苏州的一家电子厂打工。因为他听说电子厂里女孩多，好找对象。

在电子厂，祥子管化学品仓库，整天接触的是白乳胶、天那水、白电油等东西。有人来领，就照单子发货；没人来就在仓库坐着，还挺清闲。这个工作一干就是五年。

突然有一天，祥子早上起床，感觉眼睛看东西很模糊，他去小诊所看医生，医生说他是高血压，吃点降压药就好了。坚持了一段时间，他的眼睛持续充血，视力越来越差，还断断续续流起鼻血。祥子只好请假去大医院看病，检查结果出来了：慢性肾衰竭，俗称尿毒症。

祥子辞工回到老家，等到了武汉的大医院看病时，他的眼睛已经完全看不见了。医生建议他赶紧透析。

透析是个无底洞，三天一次，一次三百多块。祥子打工几年的积蓄很快就没了。那时没有报销，花多少钱就少多少钱，眼看钱包越来越瘪，亲人们也欲哭无泪。

全家人你一百他二百地凑，加上亲戚朋友的钱，勉强挡了一阵。可是这终究不是长久之计，祥子的父亲不得不加入打工的行列，五十多岁的人为了儿子，和小伙子们一起修马路、搬砖块。

祥子说，他可能是在电子厂仓库里接触化学品致病的，可他又没有确切的证据证明。他想去找工厂索赔，可他一没有证据，二离不开透析，最后就不了了之了。

一次几个本家在一起聊天，聊到祥子。一位堂哥在背后议论："自己不狠，没种，换谁都会自寻短见，明摆着治不好病，结果就是把家里搞穷，何必呢？只不过是多活几年，不如把钱留着给父亲养老。"

年纪大点的伯伯马上反驳道："谁不怕死？越是这样的人越是怕死。人活一百岁还想望个亮呢！他自己有求生的欲望，总不能让他去死吧！"

后来，赶上国家出台了大病医疗保险的政策，报销一部分费用后，我们悬着的心才稍微放下点。叔叔打一年工的钱正好够祥子透析的费用，可他一年老过一年，干不动了咋办？

赌博（一）

我实在想不通，老家穷乡僻壤，赌博赌注为什么这么大。

炸金花、斗地主、三公，大家赌得最多的是三公。一局大概五六分钟，坐门的一局最少要下一千块，上不封顶，庄家输赢在两万块左右，一晚上输赢二十万块流水。抽水一局二百块，一晚上能抽五六千块，赌桌上清一色都是红皮，没有十块五十块的。

春节时，去一个朋友家拜年，刚吃过晚饭，三三两两的赌徒就都来了,大家开始聊昨晚谁赢了多少。

"你昨天赢了三万块吧?"一个问。另一个答:"哪有那么多!我来时带了两万块,走时带了四万块,骗你是小狗。"

朋友家不是开赌场的,但赌徒们知道警察不会去他家抓赌,就渐渐地聚到了那里。

像约定俗成似的,不用主家开口,每一局不管是谁输谁赢,都从点子最小的输家那儿抽两百块钱给主人家。当然,扑克、酒水、香烟、零食都一应俱全,炭火烧得旺旺的。

晚上八点多钟,该来的差不多都到了。其中一人说"开始吧",其他人就纷纷附和,自己挑一个合适的位置坐下,主人家就把扑克拿来放在桌子上。

一般一桌坐门的六至八人,后边下注钓鱼的男女老少都有,三百块五百块地押,看哪门手气好就往谁面前放。有时候哪一门连赢几把,大家都把钱往他那儿送,几张一百块的从中对折,都把自己的钱做个记号,要么折成三角,或者把钱卷成一卷,排队似的排一排。庄家要是赢了,把这一排钱统统收走;要是庄家输了,拿起一份问:"这是谁的?多少?"后面就有一个人说:"我的,八百块。"庄家便"哗哗"数八百块递过去。

赌博桌有赢有输,赢的人面前,钱越堆越高,像小山似的;输的就坐不住了,要求换扑克、换位置……赢了的随即把钱悄悄装到口袋里,桌面上只留几千元,免得输家向他借。

我出门时,正看到一个输家向朋友借钱,朋友拿出一沓对他说:

"这是最后一万块了啊,你悠着点,别下太猛了。手气不好就下小点,手气好时再下大。"

一晚上,朋友家人来人往,赢了钱的走了,也没有人挽留,刚来的又随即入座。那天晚上的庄家是在外面包工程的,带来一大提包钱,所有人都想分一杯羹。大老板也爽朗:"只要你点子比我的大,奉陪到底!"

不到两个小时,李老板的钱包瘪了一半,几个赢家先后都走了,输家继续拼。到了十一点多,输家没有钱了就喊数,拿烟包代替,往往一个烟包两千块,一个打火机一千块。

这时赌桌上有的人一脸死灰,有的人喜笑颜开。房间里烟雾缭绕,空气混浊,坐门的越来越少,赌局也接近尾声。

到后来,只剩三个人坐门时,再怎么招呼也没有人愿意坐一门,赌局就散了。输的也捞不回来了。

李老板输了十多万块,依然沉着冷静面不改色,夹着提包,笑眯眯地走了。

赌博(二)

老曹本名叫什么不知道,只知道他姓曹。

他不是本地人,是从别的地方到我们镇上做馒头卖的。一家四口在我们镇上住了好几年了,两个孩子读高中,他老婆会做衣服,每到下半年就会跟雇主出去做羽绒服。

去年中秋一过，老曹的老婆就跟雇主去外地了，儿子女儿在学校，一个星期回来一次。除了做馒头卖馒头，老曹大部分时间都是空闲的。

村里人打牌，老曹常常凑上去看，慢慢地，也开始心痒了。一开始，老曹只是和一帮老头玩玩斗地主。

老曹玩牌有个特点，一抓到好牌就手发抖，要是手上有三四个"炸弹"，他的手就跟"打摆子"似的，抖得厉害。渐渐地，凭着记性好、会记牌，老曹玩起斗地主来基本包赢，大家都说他手气好，不大愿意和他玩了。

斗地主不过瘾，老曹炸起了金花，一场输一场赢，心很快就野了。没多久，就有人推荐他去"对口味"饭店，那儿有赌大的。

"对口味"饭店生意兴隆，聚满了好赌之人。那里人来人往，窑老板、街上做生意的都在。饭店老板也姓曹，老曹去了几次之后，就和他认成了本家兄弟。有了这层关系，老曹去得更勤了。

赌桌上哪有常胜将军？慢慢地，卖馒头挣的钱不够赌了，他就动存款。开始取一万块，想着赢钱了就补上去，谁知一晚上就打了水漂。第二天不甘心，老曹又从银行取出一万块继续赌，结果还是输了。等他输了十几万块时，饭店老板感觉不能再让他赌了。

老板劝他："兄弟，赌博是要讲运气的，你不适合赌大的，还是别赌了，一年一个赌运，等明年你手气好了再来吧。"老曹一听就不干了："我一不抽烟、二不喝酒、三不玩女人，唯一的爱好就是赌博，如果连这个嗜好都被剥夺了，活着还有什么意思？"

谁都知道他是想翻本，担心他输多了不好交代。后来再聚赌时，饭店老板还把大门插上，堵着门不让老曹进，好几次，老曹就在外面把门砸得"咣咣"响。

在"对口味"的众多赌徒中，小朱手气最好。老曹的钱有一半是被他赢走了。据小朱讲，正好买车差几万块钱，想什么就来什么。"我这车四个轱辘是他（老曹）贡献的。"大家都劝他，小心老曹老婆回来找你拼命，小朱却不以为然："愿赌服输。"

过年时老曹老婆回来了，大家都闭口不谈老曹输钱的事，好歹让人家过个祥和年。

纸是包不住火的，年后孩子开学时，老曹老婆终于发现卡里的十五万块就剩下三千多块了。追问老曹钱哪儿去了。老曹任凭老婆打骂，死活不肯说。

老曹老婆从街坊四邻才得知，存款全被老曹输了。她先去找了银行，说这钱是教育储蓄，除了孩子上学其他用途都是违规，不是开学的时候，银行让他一次次随便取钱，就是失职，她扬言要去告银行；又去找赌场，让他们赔钱，说赌场出老千、下套把她老公骗了，如不赔钱就举报……

闹到最后，银行和赌场还真赔了三万块钱给她。

有一次在街上看到老曹闺女买菜，我问她："小姑娘，现在还没有放假啊，你怎么在家啊？"小姑娘说："我爸赌博把钱输完了，没有钱上学就不上了。"

很久没有看到老曹的老婆了，听人说，她和老曹离婚了。

度光阴的一个人

有钱没钱，洗澡过年

文_九月

前言

今冬的南京，天气冰寒。零下十摄氏度，水管都被冻住。放了寒假的学生大多返家，留校过春节的人少，居住又分散，学校通知只开放某处公共浴室。我没有回湖南老家过年，留在学校。身在他乡，老的传统还是没有忘记——有钱没钱，洗澡过年。二十年来，不管身在何处，条件如何变化，洗澡过年已经同置办年货，做年夜饭，年前扫除一样，成了我的一件具有兴味的事情。

我正哆哆嗦嗦地一头扎进空荡荡的公共浴室，放开了热水准备淋一猛子，突然一个脆皮瓜似的男娃的声音从走廊外滚了进来。蒙蒙的水汽里，摇门进来了一对母子，男娃身后拖着一个浴盆。我下意识地转过身去——只听见孩子欢快地划水作乐，母子其乐融融。这也让我瞬时忆起了当年母亲在过年的时候，带我在公共浴室洗澡的场景。

一

  我们村院在城郊边上,那里有一些老工厂。掰着指头数过来,有矿灯厂、纸板厂、农药厂、制药厂。制药厂设施最齐全,离我们村院最近,除了有公共食堂、收费电影院、街角花园,在一个不显眼的角落里还有一座收费的澡堂。

  工厂的水泥围墙从传达室向前绵延几百米。通往澡堂的木门,开在围墙和传达室的侧门处,漆红、简陋,极为隐蔽,澡堂仿佛不想让人知道,却又在冒着热气极力张扬。

  经过收费处,走过走廊,撩开布帘子,就进入了澡堂子。澡堂里更是简陋,只有一人身高的水泥墙隔开数个空间,一根铁管,拧开水龙头,水就直泻而下。没有储衣间,没有挂衣钩。衣物装在袋子里,或脸盆里,放在墙边,或水泥隔墙上。

  不搓出泥丸子,不算进过澡堂子。逢年过节,澡客来往频繁,常常是大人带着小孩来洗,给孩子搓完了再赶紧给自己搓上一把,仿佛要把一年的污垢痛快快搓成泥丸给大水冲掉。母亲张开筋骨突出的手掌,用拇指使力顺着我的手臂、后背来来回回地搓,热水不停地从头上灌下来,澡没洗完身上已是通红通红,像个小龙虾。

  轰腾的水汽,闹杂的人声,澡客一拨才去,一拨又来。母亲在给我洗澡的时候,眼睛还要盯着等待补位的澡客。在不甚富裕的年代里,衣物用品是丢失不起的。

到制药厂澡堂子洗澡，不是你想洗澡就能洗得上澡的。制药厂边上几个村子里的人，大冬天十天半个月才洗一次澡。但赶在年前，必须花上几块钱洗一次。年前的澡堂子，有股热闹劲，有股紧张劲儿。洗澡过年，是一场奢侈的享受。

二十世纪九十年代末，制药厂改制，花园荒了，电影院和食堂关闭了，曾经热闹的澡堂子，再也无人提起。

二

在我年幼的时候，家里洗澡的用具是木澡盆。

木澡盆这家当几乎家家都有，通常是男女分开各用一个。打得漂亮打得结实的能用许多年，不漏水不生斑，清洗方便。好的木材质地紧密，不容易藏污纳垢，越用越滑溜。澡盆是圆形的口，自底盆往上，盆壁呈渐进的同心圆状一圈圈张开，两个手掌高度处盆沿磨了厚边，往外凸出一把收住，像车把手圆滚滚，便于提拿。用一道铁丝在靠近盆底处和盆身中间各箍一圈，扎紧整个盆体。过去有刷桐油晾成棕黄色的，明晃晃地喜人。

我家的木澡盆用了很多年，盆底似乎有些什么字，模糊不清。我家有两个澡盆子。夏天的时候，我在里屋洗澡。弟弟在堂屋洗澡。堂屋最深处是简陋的家祠，摆放着太姥姥太爷爷的灵位。我总疑心自己光着身子不大恭敬，似乎年纪更小的弟弟就无不当。

夏秋季节，洗澡用一壶水就够。脱了衣服，就只管下盆。圆口的木盆直径不过一米，尽管我和弟弟个子都小，可怎么装得下呢？通常是像婴儿似的双腿蜷曲在盆缘。我常常非得伸出盆外，舒展开来，让身体轻悠悠地浮着水，仿佛是休闲的享受。母亲见着了必定要说上两句，不吉利，也不像姑娘家，又怕水凉了。于是，在母亲的催促下收拾完毕。但还是改不了这习惯，想是能屈能伸，倒也自在。

洗完我从里屋出来，弟弟从堂屋进来，头发还湿嗒嗒的，两人快活地笑了。

可到冬天，洗澡过年可就要命了。先得挑好了日子，母亲一面忙年节的准备，一面计算着距离上次洗澡的大概时间。等到差不多时候，一出太阳，就赶紧架壶烧开水，淌了澡盆，摆了长条木凳，挂上衣服。炉火旺，不到三十分钟水热，水凉却更快。把澡盆装满热水，得烧上三提壶水。热的凉的搅动一起，水温合适了，父亲把堂屋大门掩了，母亲就停了清扫的活，剥了弟弟身上的衣服。我立刻跑出门去，把空壶上满水，架在炉火上烧。

弟弟清瘦，不耐寒，哆嗦着滑进澡盆，水有些烫，他双脚放在水里左也不是右也不是，嘴里发出"呦呦"声。父亲和母亲左右开弓，替弟弟搓洗身子。半刻过去了还没有搓完，弟弟就叫冷，母亲赶紧嘱咐我添水。新热的水得从边缘慢慢添，分散着添，不烫着身子。添水再烧，如是二三次，才能洗完。

真是一人洗澡，全家待命。

所有事准备妥当，一家人个个洗完澡，这才算是到了过年。

三

村院里有的人家开始安装热水器，改善洗澡条件了。

我们村院里聚居在一起的几十来户人家，全都一个姓。据说大家族由七个弟兄繁衍而来，最小的弟兄就是我的太爷爷。爷爷奶奶伯婶叔娘叫下来，整个村院子都是亲。

我的身体长了，脑门子也感受到一些变化。平常还好，在学校洗澡都可以解决。每当到过年洗澡，感受一年深比一年。木澡盆洗澡太不方便，母亲带着我去村里婶婶奶奶家串澡堂了。

连着我家的是一家四个兄弟，都娶了外地的婶娘，合着建了一栋两层的红砖房。除了老大家我没有去过，其他三个兄弟家里，我都分别去洗过一两回澡。四叔常年在外，家里却是一色的瓷砖刷白的墙，澡堂也最齐全最光鲜，和现在的普通家庭装得差不多，使用起来并无生疏。到弟弟和他家的男孩都差不多长成的时候，已经能用上浴霸了。旁边的二叔家也许是因为设计更早，只就着红砖的外墙露出几平方米的空地，齐腰的水泥台用来摆放衣物用品。侧墙上装了最简单的锅炉热水器和一根细铁管，没有喷头，门外再挂一张帘子就成了。三叔则利用住在二楼的优势，置办了太阳能热水器。地面和坡顶齐高，浴室开在向阳的一面，空气通明些，但他家有个和我同岁的男孩，有所不便，我也只去洗过一回。

再往上走一点是二奶奶家。二奶奶对我们后生很好，总是笑笑的。但她家的房子却有点冷清。两个女儿一个远嫁中国台湾，一个是军属,不能常回来。二奶奶一个人住两层宽敞的红砖小楼,屋内布置在村里算是高档,澡堂也很早有了,在不太使用的偏房里加装的小巧多功能热水器,可以调温。不知道是不是因为二爷在我还没懂事的时候在正房把自己吊死了,房子总没有什么人去。母亲倒是常常端着碗过去串门,闲话能扯一下午。过年洗澡稍微多费些水电,二奶奶也不在意,即便后来水电费越来越贵。

满奶奶家住在更陡的坡地上。她和母亲从同一个外乡嫁过来,属同一个姓,可以说是亲上加亲,过不过年都互相走得频繁。但要再去她家洗澡,却是让我头疼的事情。房子建得早,却改得晚。厕所、洗浴、杂物间与鸡鸭圈挨在一起,是和房子分开的空间,中间有一条小沟。洗浴室简单地安了扇自家做的只有一半宽度的纱窗门,刚够一人进去,尼龙的窗纸挂上去挡风。里面的空间也是狭窄的,分了内室和外室。外室可以晾挂衣物,内室是比较原始的锅炉热水器。水位和水温总是把控不住,常常澡没洗完冷水已经灌进来。铁皮开关也不灵活,一扳温度就骤升骤降的。刚往热水那头轻轻一扳,哗!一股能烫脱层皮的热水直直地冲在我的脑门儿心。想起母亲杀鸡时往鸡身上浇的热水,一下子就能拔掉毛。我仿佛一下子也给烫蒙了,那种脑门发麻的感觉,真是一辈子也忘不了,以至于对后面发生的事却模糊了,只依稀记得母亲把满奶奶叫了进来。后来大概还洗过几次,经验没有用,却都不如那次印象深刻。

过年洗澡,大人们老爱拿小孩的身体开玩笑逗我们玩,我和弟弟有些害臊，却不觉生分，洗来洗去还都感觉是一个院子里的。

父亲却从来不去村民家，一个人闷闷地从低地经过两个陡坡出了村，去二姑家洗个热水澡过年。

四

父亲不喜欢和村民打交道，总是往姐姐们家里跑。大概也是从高中起，父亲带着我常去二姑家。事先电话问候，错开各自计划洗澡的时间，等二姑家热水器里烧好水，父亲和我一前一后，我手里拎着个不透明塑料袋，里面使劲压了即换衣物，把洗漱用品藏到底，就出村了。满奶奶住在上坡，每次看见父亲和我这样，必定要问一句：去姑姑家洗澡了啊。我好像被人发现做了不好的事情一样，只轻轻地"嗯"一声。一路上父亲也不和我说话，双手插裤兜里，穿了皮鞋，一下一下行得响亮，出了村一直走上沿着工厂的大路。大路上再也看不见从前单位浴室的影子了。我总想问父亲一些过去的事情，他在前面走得快，也不停下来看我。我就无声地拽着袋子跟在后头。

姑姑家的房子右侧，做了厨房和浴室，一条道直通到底，浴室后就是鸡圈，站在鸡笼上看得见矮墙的顶。因为无人居住的时候多，小房间里不怎么打理。父亲嘱咐好用水事宜之后拉上门去隔壁的正屋看电视，我就可以自由活动了。

我对于被父亲领着洗澡是不情愿的，可是又害怕看门的恶狗。

我常常在进入浴室前,望着那堵矮墙想入非非,幻想自己穿了隐形的衣服,噌地一个身手从矮围墙里翻进来,没有摔坏一点,手里依旧拎着一个袋子。

我读大三那年,爷爷和伯父相继过世,父母暂时搬离了老房子,我就也不大去二姑家洗澡了。

五

父亲这边的姐妹兄弟的境况,除了二姑家好些,都有点捉襟见肘。相反,母亲的五个弟兄和我姨妈都发了家,生意越做越大。两边人除了在爷爷的葬礼上会过面,少有来往,他们中间像划了一条严格的界限,母亲就是拉在中间的"绳子"。从老房子搬走之后,母亲在姨妈的门店售货,门店生意好坏不定,撑一两年又换地方,我们也只好跟着挪。就这样,在市里住了三四年,进入了短暂的"城市化"时期。

在市里的沿江繁华地段住下的时间最长,过了两个年。我们第一次住上了有瓷砖地面和像样的卫生间的房子。洗澡在卫生间,门一关,就是一个独立的空间了。里头高低两个水管都没法出热水,不管什么天气,都只能应付过去。父母想的还是老一套,秋冬开始凉的时候买上热得快,塑胶桶盛满满一桶水,插上电烧热。更冷些就要同时烧两桶。卫生间空间狭窄,无法站立着搓洗身体,水冷得快,也不能像在木澡盆一样由人添水,洗澡时无法完全洗干净，但好在终于不用再麻烦别人家了。

我想动手改变一下洗澡的现实问题。仔细估算了空间大小、冷水龙头口径之后，我在网上拼凑了一套自制喷头洗澡用具，兴冲冲地展开了试验，想通过水龙头的压力将冷水和桶里烧得滚烫的水混合后，经导管输送到莲蓬头。冷水开到足够大才能喷出，当热水量不够或者温度下降时，就通过几处控制阀门，调节冷热水的进水量。

父亲视此为无用的游戏，斥责我浪费钱。为减少损失，我只好用冷水尝试。蓬头出水不难，然而要通过控制阀门来把控水温，以及水流大小，却需要增加新的部件。父亲最终不同意我继续试验下去，"别人只要一个热水器搞定的东西，你费许多事，搞得那复杂，很不值当"。我无法辩驳。那一套部件和工具在后来搬家的时候，被他丢弃。

后来，我们租的是一所大学旁边的民宿，底层的两间房，没有热水器。二楼以上是类似旅馆标间的规格。有时有空房，房东就让我们进去洗洗澡。热水器控制由他定，但过年洗澡是不收钱的。

"城市化"的生活，还是没有解决好洗澡问题。大年初一到亲戚家拜年的时候，父母常常把我留住在亲戚家，他们先回去了。母亲还刻意低声提醒一番，"洗个澡再回去"。父亲那边的表叔住得远，不知道我们近年的情况，热情地招待我，我反而更害臊，仿佛自己有不可告人的目的似的。

去年夏季，母亲随着姨父的生意迁回了村里的老房子居住。

父亲遭遇股灾,建造房子无望,建个新式的浴室就更别想了。

后记

村里的布局发生了很大的变化。部分人家搬离了村子寻求发展,原来住在低地的人也搬上了坡地,原是坡上的住户又往村口移,便于停车;在厂里做事的外省人也在这里扎下了根。四兄弟合伙盖了一栋簇新的三层仿洋房,满奶奶家在表哥结婚置办新房的时候也安置了新式的热水器……好房子、热水器越来越多,而我们家依然是四十年前的老房子,依然是木澡盆时代的光景,仿佛和外界隔断了几个年代。

今年过年,母亲和弟弟在二奶奶家洗澡,父亲依旧去了二姑家;我在南京,在学校集中供暖的公共浴室洗着澡。

一回神,二十年过去了。眼前水雾弥漫,人世多艰,世事多变。唯一不变的,大概就是这辞旧迎新、去污吐秽的洗澡过年的节俗吧。

失落东北之"人民影院"

文_小杜

一

小时候在我们县,电影只有两种:一种免费,学校包场,《开国大典》《妈妈再爱我一次》都属此类;另一种要花钱,以港台片为主,比如《黄飞鸿》《霸王花》。

电影虽分两类,但看的地方就只有一处,那是一栋灰色的四方建筑,一个有棱有角、毫无变通的四方,一片干巴巴的、满墙糊着的灰色地方。远远望去,好似一个杵在地上的大水泥块子,门脸儿漆着四个朱红大字:人民影院。

影院墙上挂了个大喇叭。夏日黄昏,一个女人的声音就从喇叭里冒出来:"各位观众,今晚七点我院上映港台动作片《凌凌漆大战金枪客》,票价两元,学生半价,欢迎观看。"

整个童年阶段,我都对人民影院大喇叭里的那个女人的声音耿耿于怀,那声音就像一个退休书记读发言稿——"凌凌漆大战金枪客",

多么有诱惑力的名字，但经那女人一读，立刻就丢下顿挫，了无生气。

当然，听了这名字我心里还是直发痒，想马上跑到人民影院。可父母不答应——那时候，他们烦透了和"港台"二字沾边儿的任何东西，不论是电影、电视剧还是卡带。

"邓丽君不也是港台的？"

"邓丽君除外。"

我争不过母亲，只能继续咂摸着大喇叭里的那声音。

啧啧，这声音，还赶不上我们县电视台那女的呢。电视台那女的，据说是哪位领导的儿媳，虽长了一张囫囵大饼脸，但人家至少有个抑扬顿挫啊。

可每次大喇叭里那枯木一般的声音传出时，我还是会竖着耳朵仔细听，甚至每次路过影院，还会在门口徘徊一会儿，偷偷打量每一张出入影院的女人的脸。

我想把那声音同一张真真切切的脸联系起来——左边那张脸怎么样？太漂亮，漂亮到不像是会发出枯木般声音的样子。右边那张呢？更不像，太年轻了，年轻到和影院那灰色的水泥墙完全不搭调。

到底长啥样啊？

二

那时，家里有一位远亲在人民影院管事儿。

父亲那辈叫他九叔，我这辈的该叫他九爷。他老人家倒太不在乎，手一摆，嘴一咧，露出两排老烟牙："啥爷不爷的！"

九叔过去曾在县里的职业技术工人学校当校长。小时我总以为"技工校"是"济公校"，何况九叔一直也是一副济公的样子：独自笑呵呵地来，又独自笑呵呵地去，常去街里街坊的串个门儿蹭顿饭，老把自己喝醉不说，还死活不让别人送，来来去去了无牵挂，何其逍遥洒脱。

九叔没有九婶。通常来说，一个老光棍去人家蹭吃蹭喝是不受欢迎的。可九叔不同。一来逢年过节他总给各家各户的孩子甩钱，出手阔绰，端的是个活济公；二来毕竟也是一干部，据说还是个极清廉的官——他被撤除校长一职，只因动了一下公家六百块的煤款。区区六百块，刚刚够当时撤官的线，一时沦为县里的笑柄。

被撤下来的九叔，着实消停一阵，手上没了闲钱，也不去人家蹭酒蹭饭了，成天闷得发慌。也算是天意，当时县人民影院的负责人因乱搞不正当男女关系被撤职，九叔一听便立马疏通关系，上书县里，说："自己无家无业，俯首甘为孺子牛，情愿为我县文化事业添砖加瓦。"

原本人民影院这活就容易惹出"男女关系"的乱子，加之又没有油水，哪个有家有室的大老爷们愿意干？很快九叔就如愿以偿了。

自此，九叔再挨家挨户蹭吃蹭喝时，甩给孩子们的，就不再是钞票，而是一联一联的电影票了。

那电影票无非是一张张小卡片：白色底，印了"人民影院"四个绿字，还盖着红戳。一联八张票，得用剪子破开，才能一张一张慢慢享用。孩子们固然当成宝，可大人们却不愿意，总觉得这太耽误自家孩子学习。

总之，九叔发现自己在大人当中不大受欢迎，孩子们却依旧喜欢他。比如说我，有事儿没事儿就追着问他，电影院大喇叭后面那女人到底长啥模样。

九叔把一联票塞进我的军挎，头不抬眼不睁回道："长啥样？还能长啥样？反正人长得比声音带劲儿就是了！"

三

夏天落雨，那女人的声音从雨雾里穿越而来。春天起风，声音就在风中飘荡，风筝一般。有时风大，风筝似的声音就脱了线。我一看家里挂钟，明明已经六点半，马上开演了，却听不见女人的声音。站院子里也听不见，只有春风招摇而过，院里的樱桃树一圈一圈地往下瘦，地上的粉色一层一层地往起擦。

难道今天不演黄飞鸿了？毕竟踢了一个月无影脚，黄师父踢不累，我们也看累了；又或者，那女人今天生病了？可那枯木般的声音，年年月月雷打不动，怎么会生病呢……

又是一阵春风，女人的声音挟着樱花倏忽而至："各位观众，今晚七点我院上映国产故事片，《摇啊摇，摇到外婆桥》，张艺谋导演,巩俐主演,票价一元,欢迎观看。"

"摇到外婆桥"?这是啥玩意儿?还国产故事片,没意思!难怪票价才一块。人家港台喜剧片枪战片可都是两块钱。

多年后的一个雨天,我坐在芝加哥大学图书馆,抚摸着这部国产电影DVD的封面:巩俐的红唇,李保田的墨镜。《摇啊摇,摇到外婆桥》,如此富有诗韵的名字,谁能想到,这居然是一部黑帮片?

也是因为人民影院,九叔愈发不受亲戚朋友们待见。当时县里单位开始自负盈亏,十月里秋寒霜降一般,新华书店图书馆电影院一类毫无油水可捞的单位第一批就遭了殃。

还有便是,九叔居然也起了绯闻。没错,就是为县里人所津津乐道的"不正当男女关系",女主角竟然就是大喇叭后面那女人。

那时我刚上高中,听罢这事后非常激动,心想终于可以一睹那女人的真面目了。只可惜,九叔再也不来我家蹭吃蹭喝了,因为他连一联一联的电影票都拿不出来了。

人民影院黄了,连同九叔的这段"不正当男女关系"。

四

说来也很有意思,在我们县,"黄"这一个字可谓包罗万象。比如恋爱没谈成,就说"他俩谈对象谈黄了";谁和谁"不正当男女关系"没搞明白,就说"他俩搞破鞋搞黄了";谁家猪没养活,就说"他家猪黄了"。

于是，单位快倒闭了，就是"俩月开不出工资，肯定要黄了"。总之，这"黄"字仿佛吞含了一切的负面，一切的不如意，一切的哀怨。

人民影院，就这么黄了。

再也听不见大喇叭里那女人的声音了。枯木也好，了无生气也罢，反正那大喇叭突然沉默了。好似原本一个整天讲话的活人，一下子被扼住了喉咙。

虽然黄了，可人民影院的大水泥块子依旧杵在那里。我站在它面前，没感觉它有多高大，却只觉得自己矮小。大喇叭还挂在水泥墙上，抬头望去，至少有一口洗衣盆那么大。喇叭冲着比水泥墙还要发灰的天空，大张着嘴，好像是要咆哮。

很久之后，在我日复一日在那底下看了很久之后，那喇叭终究还是默不作声，就这样永远沉默下去了。我才"确定"了——不是喇叭后的女人病了，也不是香港人不再拍黄飞鸿了，而是人民影院黄了。

说到底，人民影院黄不黄对我没啥影响，但对九叔影响可不小，他整个人都差点"黄"了。

他住那小屋小院就在我们高中边儿上。在学校小卖店，我有时还能碰到他，他买烟总贪便宜，软包哈德门，又呛又糙，跟他那红脸膛似的。他问我想吃点啥好吃的。那时候我高三了，隐约知道他的落魄，就支吾起来。他突然就不高兴了，五块钱买烟找回两块五，一把塞我兜里："去，对面铺子吃包子，少碰这些败牙口的小零嘴儿！"

有时，隔着教室的窗户，我还见九叔在学校操场踱来踱去，捧本书，一会儿低头，一会儿抬头，大张了嘴，像是对天空吼些什么。我知道班里有同学把这老头儿当成精神病，只是没当我面说出来而已。

我隔窗看着他，终究也没能走向操场，问问他看什么书，又在吼些什么。

五

都说"百足之虫，死而不僵"，人民影院只是黄了而已，它哪里会死呢？

高三那年，县里跟江对岸的俄罗斯开通口岸，来了一个俄罗斯文化交流团，敲锣打鼓就进了人民影院。

我一听什么团就倒胃口，何况又是高三，就没去凑热闹。结果真是后悔了。

据说俄罗斯人在人民影院里跳了整整一春天的脱衣舞，十块钱一张票，童叟无欺。之前是"外婆桥"，现在是"文化团"，我又被名字摆了一道，后悔死了。

后悔也没用，很快我就离开县城去了大学。俄罗斯人也不在人民影院里跳脱衣舞了，灰色的人民影院再一次人去楼空。

至于九叔在我们高中操场上喊些什么，我也整明白了：原来当"济公校"校长之前，他曾进修过俄语，如今县里开通口岸，需要俄语翻译，他便重操旧业起来。

说白了，他念念不忘的，也还是"为我县文化事业添砖加瓦"。可惜这回县里没搭理他。不知是他本人太老了，还是他学那套苏联时代的俄语太老了，反正县里找了几个年轻刚毕业的，戴着大眼镜片子，满嘴"欧钦哈拉少"地在俄罗斯人面前鞍前马后。

好在九叔没有白费功夫。口岸开通后，县里不但起了海关大楼，街头还冒出三三两两的俄罗斯人来扫货，买的全是些吃穿用度，尤其对县里产的六十度"烧刀子"很感兴趣。九叔便当起翻译兼导购。

导购嘛，当然是定向定点儿往里"导"。县里那几家九叔的"点儿"看他岁数大了不容易，回扣也给得很够意思。

九叔又有了钱，可再不去别人家蹭吃蹭喝了。原因很简单：大人们已经不怎么理他了，而孩子们早都出去上大学离开了。陪九叔在县里做伴的，除了来去匆匆的俄罗斯人，就只剩下"烧刀子"。

六

可县对面的俄罗斯人不但穷，而且人也忒少。不过三五载，县里那栋气势恢宏的海关大楼便沦为笑话。

县里只好又招来一帮南方人——南方人也不叫南方人，叫"南方仁儿"——这帮"南方仁儿"不但有钱,也能折腾,挖矿的挖矿,炸山的炸山,洗浴的洗浴。人民影院也被囫囵吞枣一般包给了一个"广东仁儿"。

很快,那灰色的水泥建筑,那永远对着天空沉默的大喇叭,全部化身成了"南国风娱乐城"。至于"人民影院"四个朱红大字,被"广东仁儿"用白漆涂掉了。据说用了整整三桶白漆,只因为四个字太大太红。

至于娱乐城里到底娱乐个啥,无外乎是麻将和牌九而已。可惜,后来"广东仁儿"没跟省里整明白,娱乐城也黄了。人民影院又空了,凭空多了一道厚厚的白漆,活像狗皮膏药,一直贴在脑门上。

有一年我大学寒假回来,同学聚会,大伙喝完酒一起路过人民影院。

喇叭冲天,灰墙高耸,但见一个老人穿着军用棉大衣,缩在墙角,醉醺醺唱道:"我的家在东北松花江上/那里有森林煤矿/还有那满山遍野的大豆高粱!"

我听出来那老人是谁了。

趁着天黑,我和大伙匆匆而过,没敢上去认,可很久之后都忘不了,总觉得那醉醺醺的歌儿就是唱给我听的。

再后来我出了国,把父母接过来,三口人虽住一起,但能唠几句嗑的时间却很有限,也就是在饭桌上。母亲说她在县里每天都踢毽子。我问在哪儿踢。她说在人民影院门口踢。

不消说,这人民影院是一直黄着了。

人民影院，四四方方一个大水泥块子，可以在天地雷雨间一直黄下去而屹立不倒，可是九叔呢？我忍不住问。

父亲盛好粥，说，你九爷前年去的。

我夹起一块母亲煎的鱼，细细嚼着。三口人围坐在一起，这场景何其熟悉。

那些年，我就是这样坐在饭桌前，放下筷子，接过九叔递来的一联电影票。那是傍晚六点半，雨后初霁，人民影院水泥墙铅灰而凝重，喇叭后面一张陌生女人的脸，声音跃过彩虹，踏着樱花，准时准点，不离不弃。

与平江的距离

文 _ 易真真

前言

我们所能看到的乡村已经被大大美化，经过电视真人秀、旅游杂志和自以为是的想象修饰一新，其本来面目也就不为人所知了。

山岭、田地、牛羊，还有一群泥土傍身的农民，我想不出会有谁对这个籍籍无名的湖南山村展露出一丁点兴趣。

一代代年轻人从这里出走寻找机会，然后带着财富和女人回来安家。

乡村天际线

四月底的一天，一辆银色轿车载着我们——父母、我，还有开车的叶哥哥，在107国道一路向东。

窗外的景致逃脱掉城市楼宇的刻板，进入大自然的单调重复中。南方的山岳绵延一百公里，不免觉得乏味。

"外婆家"是个地理概念，也牵带着血缘关联。我有一半的亲人都生活在此：两个舅舅家、小姨一家、远近亲戚们。外公外婆仍住在五十年前的土屋里，紧挨着小舅家新砌的三层洋楼。两位老人年近九十，坚持自理食宿，种花种菜。

"你让别人怎么看我们咯？"听到有传闻说他不孝敬老人，小舅愁死了，可这实在是老人想按着自己的意愿过日子。"我还能搞饭嘛，好了撇（方便）咯。"外婆双手叉腰，精气神不输从前。她个头不到一米五，一头银发用发箍理得整齐别在耳后，两颊凹陷得厉害，但嗓子还是那么尖厉。去年她害了一场大病，轮番跟七个儿女哭泣，怕是熬不过年关了。而年后身体一缓和，她又开始喂鸡喂鸭，操持着和外公两个人的小日子。

这些活儿她轻车熟路，在一起快七十年，朝代都变了。

石塘村地势低洼，四周围是高低错落的山峦环绕，犹如一只木桶。农田、房屋、人群在"桶底"居住劳作，而另一小撮人（比如我外公外婆）则携着猪狗、菜苗、果树，把家安在了"桶腰"。"这里清净嘛。"

对于老屋的选址，外公至今仍十分得意。五十多年前，他从山脚下他母亲所在的秦家大屋搬了出来，带着老婆和三个孩子在半山腰建了自己的房。"那会儿你妈妈已经出生了，人口多，秦家住不下。"我妈是大女儿，打那以后，家里又迎来四个小妹妹——九口人的大家庭。

山峰的弧度建构了乡村的天际线，是连续的，不知从哪儿开始，也没人管它在哪儿结束。山脚是新绿的竹林，枝条颔首招摇，羽毛一般蓬松；往上则是黛绿色的松树、柏树、茶树，齐整严密。野草野花则像散漫的游民，见缝插针，随遇而安。偶有蓝屋顶、红屋顶点缀在半山，水泥路迂回半遮半掩，村民、货郎、看门狗走动其间，这一切共同组成了乡村。

小时候，我们常常在大年初二赶来，吃顿饭住一夜，然后就启程回岳阳城里。年幼的我们对农村怕得要死，光是原始的厕所、与厕所连在一起的猪圈就够人受的，往往一天憋下来都不敢去尿尿，踩着摇摇欲坠的两块木板，一低头就是粪坑，稍稍转脸就有两三只粉红的猪猡攀着围栏冲你"嗷嗷"吼叫……

认出几朵花

"姑姑，姑姑，快起来抢红包噢！"六岁的俊豪扑到我床上，手里晃动着几个贴了喜字的红包。俊豪是我表哥明远的大儿子，也就是我小舅的孙伢。

此刻是凌晨四点，我的起床气都还没准备好。按平江人结婚的习俗，新郎必须在清早天未亮时去新娘子家接亲。"要趁天黑，走别人没走过的路。"妈妈同我解释。

新郎接上新娘，先奔县城影楼换婚纱化妆，等到我们见到新娘子时，已经是上午八点，天空正飘着小雨。

新娘子明明是小舅的女儿,遗传了舅妈小巧苗条的身材,长发披挂在头纱下并没有盘起。她提起略大的婚纱,露出牛仔裤和高跟鞋,一路小跑冲进二楼闺房里的厕所:"哎哟,憋死我了。"

房子是几年前新砌的三层洋楼,罗马柱、拱形阳台、外墙贴满闪亮的瓷砖,几乎家家户户都是相同的西洋式样,花费从几十万元到上百万元都有,象征着某种程度的体面。农村天地广阔,房屋的体量也惊人,两三百平方米实属正常,小舅家每层都有三间卧室、三个卫生间,与我小时候经历过的猪猡厕所大不一样。

好几年没回农村,这里发生的变化让人措手不及。水泥路通往每村每户,田地边道路旁腾空而起的都是三层洋楼,小汽车遍地跑,快要全面取代摩托车在乡村的地位了。

从二楼的拱形阳台往外望去,宾客们已经一拨拨抵达,每来一户客人就要放一挂鞭炮,地面上撒了一地的红色鞭炮壳,音箱从一早就在循环播放着震天响的流行歌曲,从《心雨》《QQ爱》到《咱们屯里人》。

初看乡村婚礼,虽与城市大不相同,但在平江,这一切都遵循着一套规矩。

比如迎亲时的敬祖环节就是代代相传:堂屋里早已摆上祖先牌位,一条红毯铺展在地上,在主持人的引导下,新娘子先上香三拜祖宗,然后依次拜父母、伯伯和姑姑。小舅穿着藏色外套神情凝重,而舅妈穿着黑色条纹针织衫,早在刚才等明明拜祖宗的当头,她的眼泪就已经打转了。

几年前，家里计划盖这栋新房，没等小舅开口，明明就将十年打工攒下来的十几万元从银行取了出来，交到母亲手里。家里谁生病了，该添新衣了，也是她想得周到，一一置备。"哪个讲女儿不如儿子？我看女儿要贴心得多。"提及这些，舅妈只是叹气，"唉，我也没有什么能给她的。"

小舅、舅妈走上前，与女儿面对面而立，祖宗牌位在抬眼就能看到的上方，四周被亲人朋友们团团包围，所有人都掏出了手机想要记录这喜悦的时刻。明明提起婚纱，跪在父母脚下，磕头，把头埋得那样深，好像这样就不用那么快辞别父母。舅妈抿着嘴唇，将女儿扶起来，用微弱的气力说出"祝你们百年好合"。这个娇小的女孩扑在母亲怀里，头仍低着。鼓掌声、拍照声达到高潮，像是打了一场精心的掩护。

喜事过后，日子恢复到往日节奏。每天一早，小舅就扛着锄头去家门口不远的小土坡上干活，身影缩成了一个跳跃的符号，在茂林田地间。

人在泥土上弯腰劳作，像是直接从地里生长出来的。我看着舅舅扛着锄头，弯下脊背，脖子手臂裸露在外黝黑油亮，像是在为土地按摩。说不清是人类从土地获利，还是土地在奴役人类。

在过去的观念里，生在农村，就意味着这辈子的命运都捆绑在田间地头。人与土地，彼此奴役，互为依靠。

家里种了青椒、玉米、茄子等好几样蔬菜，都留着自己吃用。蔬菜总归是要操点心的，买种子、锄地、播种、施肥、打农药。

果树就好料理多了,房前有杨梅、枇杷、桃树、李子树,一到成熟的季节,孩子大人都只管等着摘来吃。小舅妈爱花,她特意从镇上买来两盆不知名的红花,摆在堂屋门口,又种了一排冬青树,滚滚簇新的绿,开着细碎的小黄花。

沿着家门口往下,松柏竹都只是常见品种,桂花树、苦楝树、皂荚树夹杂其中,溜达到山脚下,几株六百年的枫香和槐树甚至都挂上了县里颁发的蓝色保护牌照,从此也是有身份、有历史的树了。在乡村的头几天,我所有时间都花在辨识草木这件事上,舅妈不厌其烦,毕竟她是行家里手。

我身处农村,却连一株家门口的树木都认不得,也不知晓四季变换与植物生长之间的关联,在田埂与水泥路交错蔓延时连方向都找不到,操着一口不利索的方言,时而引来土生土长的本地人的哈哈笑声。

什么都不认得,什么都不懂,生活节奏又慢了下来,紧接着会发现连脑袋也变得笨笨的。那种城市经验里培养出来的聪明化为乌有。

发往云仙镇的快递

"农村是不是好冇[①]味?"表嫂晓月骑着摩托扭头问后座的我。

[①] 音 mǎo,意思是无。——编者注

这个广西女人七八年前嫁到石塘，她那不同寻常的白细皮肤总是让人忍不住多看两眼，双眼皮、深眼窝，很好看的东南亚轮廓，一口平江话却说得和本地人无异。

"屋里好好耍，呷得好、困得好、空气又好，还有俊豪跟我一起，热闹。"午后的太阳毒辣，摩托车掀起的风打在脸上、脖子上，是泼辣的舒畅。

几乎每周我们都要去一两趟云仙镇上，不为别的，只为取快递。互联网带来全新的生活方式，全球化无孔不入。远嫁德国的表姐不时捎来带着德语标签的奶粉、化妆品与包包；网购也成为乡人重要的购物渠道，家里从电视、洗衣机等大件，到结婚的所有礼品、孩子的奶粉玩具、大人的衣服鞋袜，几乎一律从网络上解决。

如今物流还无法直接送抵村中，只能送到镇上，再去自取。对于吃饭都要点外卖的城里人来说，取个快递居然要开车十几里，大概不可想象。表嫂倒是有着乡人一贯的乐观心态："骑摩托二十分钟就到了，还能顺便去超市逛一逛，也不麻烦嘛。"

从石塘沿着狭长的水泥路一路下行，经过中塅、石岭，转上106国道后，过青桥、塅背。想抵达镇上，要经过一条凶险万状的路。

若要窥探此地地形，不妨来看看平江的地名：

一类是"洞"：黄泥洞、寄马洞、桃子洞、棺木洞、藏书洞……

一类是"尖"：鹅公尖、望湖尖、栗子尖、鸦雀尖、磨刀尖……

一类是"岭"：苏姑岭、石牛岭、姜沅岭……

还有一类是"坳"：珠沙坳、茶山坳、龙王坳……

高岭深洞,几百年来既是屏障也是阻碍。难以想象三十多年前,公路不通时,我父母是怎样从这盘山地带走出去的。

在如此艰辛的环境里,平江人性格里是有一点狠的,是那种爽朗的、浓稠的、被太阳暴晒后散发着热气的狠。一路上你都能看到飙得飞快的小汽车、摩托车,让人躲之不及。我紧紧扶着表嫂的腰,不敢松手。

想起上次去镇上取快递,坐的是舅舅小儿子细毛的摩托,那大概是我近年来最心惊的一次体验了。当时恰逢雷雨,我们出发时还只是小雨点,走到半路大雨就劈头盖脸打下来了。

细毛二十六岁,在县城一家酒楼上班,他看着瘦小,胆子却虎得很,一脚油门踩到底,以一百二十公里的时速在这条埋伏着无数马路杀手的路上横冲直撞,风雨夹杂在一起齐刷刷地拍在眼皮上,眼睛都睁不开。有那么一刻,我感到自己的命都飘在半空中,顾不上当姐姐的尊严,在后座上尖叫:"慢点啊!开慢点细毛。"

结果这小子嘿嘿笑着,完全不理会我,照旧躲闪着迎面来的汽车,从容转弯翻过山岭。"这条路我闭着眼睛都能开!"他喊道。

我们岂止是在躲避马路杀手,我们自己根本就是马路杀手。

云仙镇的街市不过百米,从前人们带着植物、肉类来这里赶集,现在则被两家大超市、一个农贸市场、水果店、理发店、化妆品店、药店替代。除了邮政以外,别的快递点几乎都兼做其他生意,有的进驻在服装店内,还有几家则被一家杂货店包圆了。

我们这次主要来取一箱奶粉以及一个兔子玩具。表嫂刚生完二胎，六个月大的女儿圆圆成了全家人的心肝宝贝。都说农村重男轻女，但只要看看这个家庭里六岁的俊豪每天被指责的次数，就知道小女儿在家中不可撼动的至高地位。

回到家，玩具兔子立马吸引了圆圆和全家人的注意，表嫂给兔子安上电池，一按按钮，兔子就从肚子里发出闪烁变换的彩色灯光，音乐声跟着在客厅炸开来。舅妈和明明围拢来，轮番按着兔子腹部的按钮。九块九的小兔子似乎很有志气，从讲故事到唱歌、学英文、学动物叫声，样样都会。

圆圆在音乐声中摇摆着，这个才半岁的婴孩用鼓鼓的手指抱住胸前闪光的宝贝。她还无法了解这样一个玩具是如何从浙江一间工厂被流水线制造，又是经过怎样的路途，才能送达湖南北部这个僻静的山村。

浙江生产的奶瓶，广东的电视、手机一点点填充进被蔬菜、家禽霸占的生活。人们在谈话中开始掺入普通话、英文。家中电视播放着英国动画《小羊肖恩》，Wi-Fi 无时无刻不在施展法力，舅妈也不再管孩子叫"毛毛"，而是"宝宝"。

这些侵入者似乎象征着外部优越而美好的生活，理想变得真实可触，但对另一些人而言，网购也带来了前所未有的冲击。每天早餐时我都会看看近期新闻：

1. 特 × 普将葬送"美国治下的和平"
2. 阿 × 巴巴第四季度销售上涨 39%

3. 全球新闻自由度创12年来最低

4. ×奈儿时装秀登陆古巴

5. 一个死在×度和医院之手的年轻人

…………

在某一个短暂的时间里,我们也许根本不会意识到世界上正在发生的事情是如何影响着我们,更别提思想是如何被侵入、淘洗、分类、过滤。一种无形的力量在操纵,在不知不觉中完成筛选、更替。而我们的日子仍是喂鸡,在院落里闲聊一下午。

摆弄手机之际,世界翻天覆地。而黑狗蜷在脚边,耳朵警醒。

挨骂、玩具和狗

在平江的十多天里,我几乎每天清早就出门跑步。

沿着舅舅家的缓坡往下抵达山脚,站在六百年枫香和槐树的浓荫下,看五月入夏后的天光。均亲泉边已经有妇女与丈夫合力清洗被褥,这是一口明朝时就存在的古井,由秦家大屋的后人修缮维护。一旁有个简陋的微型园林,大概能摆三四张桌子吧。门头上挂着"秦氏森林家园"的招牌。

往前跑,经过几户人家,在丁字路口左拐进入主路,石塘小学就在右侧。学校规模很小,拢共只有五个年级,五个班,七名老师,每个班平均十来个学生。学校没有门卫,可自由出入,我时常跑着跑着就跨过铁门在操场里溜达几圈。

在每天看似重复的跑步中,有关这个村庄的秘密逐渐进入视野:学校对面勇胖超市的砖墙上涂满了歪扭的粉笔字,一名小学生被公开批斗,"何昱璋大坏蛋";卖包子馒头的货郎操着北方口音,吆喝声在喇叭里循环播放,一问,居然是河南人;每天都会碰到几个带婴孩的少妇,二孩政策开放后,接连不断的新生儿也为村庄带来生气……

在我打量这里的人和生活之际,自己也落入到村民们的观察中。乡村是个熟人社会,一旦有陌生人进入就显得特别打眼,加上整个村子只有我在固定时间跑步,简直自投罗网。当我数次跑过学校小卖部时,门口的男人终于开腔:"妹子啊,你是哪个屋里的哦?"过两天又有一个女人招呼我:"你是新来的老师吧?"接下来,还有路上带孩子的阿姨与我攀谈,邀我去家中吃早餐。

我并不总是独自跑步,偶尔也会带上其他伙伴——六岁的俊豪和家中的黑狗。俊豪在石塘小学读一年级,圆脸,眼睛贼亮,头发根根竖起像个刺猬。每当舅妈催促他快快吃早餐去学校时,他会用小手按在肉肉的两颊上搓出一个鬼脸,这就是回应了。

我们跑过缓坡、均亲泉,将农田抛在身后,在丁字路口左拐进入主路,学校就到了。对所有小男孩来说,上学不是个有吸引力的活儿,学校也不是他们唯一的修炼场。

一个六岁男孩的人生,是从躲避父母甩手而出的树枝子开始的。这是一种求生本能。其他时刻他都在为父母的呵斥与鞭打创造名正言顺的机会：挑食、不做作业、玩具乱扔、课堂上讲小话……好在小孩子天生有一种本领，能将自己的捣鬼控制在一定范围内，踩着家中"暴君"的底线作恶。所以，虽然天天在威严恐吓下过活，但真正挨打的时候并不多，对于俊豪来说，生活意味着挨骂、玩具和狗。

周三早晨的第一节是语文课，教室里没有一丝声音，从安静中生发出一股初夏的清凉。十八个学生，连一半空间都没有坐满，六个女孩，十二个男孩，这是石塘小学一年级唯一的班级。我想起二十年前，我所在的郊区小学一千人的规模，眼前的景象简直像个地下作坊。

这样的情况在乡村并不罕见，这几年不少老师加入南下打工的行列，一两千块的月薪让教师的"铁饭碗"失去了原有的效力，在平江某些乡村学校甚至只剩下一个留驻的老师；而有条件的学生也跟随家长去了城市，此刻仍留在这里的孩子也可能在将来的某一天离开。

因为人少，教室显得整洁而空旷，黄色的课桌椅略显斑驳，黑板上方用红色大字写着"正直、勤奋、团结、奋进"，墙上挂着小学里常有的礼仪规范："亲师友、习礼仪、为人子、方少时。"一台24英寸的老式电视放在墙角桌子上，从窗户往外望就能看到绿草密布的山坡，阳光斜斜地洒了一地。

语文老师易洁站在讲台上，在我眼里她还是个半大孩子。一九九六年出生的她，今年未满二十岁，在长沙念了五年师范后回到家乡，成为这所小学的代课老师。在乡村小学，一名老师要身兼语文、数学、体育、音乐等种种科目的教学，易洁除了管一年级以外，还担任四年级的英语老师。

"上课！"她清了清嗓子，将马尾甩在肩后，一张娃娃脸摆出几分威严。

"老——师——好！"十八个六七岁的孩子嗓音清脆而响亮。

"同学们好。"

俊豪就坐在讲桌旁，蓝色牛仔衣，黑豆一样的小脑袋。可想而知，在老师眼皮底子下过活，对于他来说有着怎样的压力。

今天学的这一课叫"画家乡"，在这十几个未出过远门的孩子面前，"家乡"这个词毫无参照物，似乎不具备任何意义。从前人们一辈子扎根乡村，整个世界不过就是脚底的菜苗，房前的鸡鸭。如果没有可供出走的"远方"，避难所一样充满感伤情怀的"家乡"自然也就不存在。

"家乡是什么意思？"

底下一片沉默，易洁试着引导，"家乡就是故——"，她睁圆了眼睛扫视着台下，嘴唇嘟起停留在"u"音上。

"故——乡。"孩子们顺利接上。

"你的家乡在哪里？"

有的喊"在乡下"，有的喊"在农村"。

"你们爱自己的家乡吗？"

"爱。"几乎是一种惯性，孩子们这次齐声说出了答案。

"城市是什么样子的？你们去过吗？"

"好多楼，好多人。"一些曾外出过的孩子变得活跃起来。一个穿格子T恤的男孩弯曲右腿支在椅子上，半站起来喊道："我去过长沙，长沙有高铁！"

俊豪一反常态，在课堂上沉默寡言，只在不得不集体回答和读课文时，才提供一点配合。"他呀，就没见他举手回答过问题，点名喊他吧，声音也是细细的。"下课后，易洁和我在教室门口聊天，俊豪机警地闪过我们，一溜烟跑去了操场。

"姑姑、姑姑，我得奖啦！"期中考试后的一天，俊豪背着书包冲到我房里，给我展示他的奖状，上面用毛笔写着"优秀学生"。

"这么厉害啊！得了第几名？"

"第八名！"

我拉着他的手去告诉表嫂这个好消息，奖状铺在表嫂床上。她看了眼，随即撇撇嘴笑了起来，好像要挽救一个上当的人那样冲我说道："优秀学生，这是每个学期每个人都有的哟！"然后又转向小家伙，举起奖状在他头顶扇了一下，"总共才十八个人，你得第八名。你要能考个第一名回来那妈妈才高兴。"

在这个六岁男孩的心里，"第一名"是要和长沙世界之窗画等号的，爸爸妈妈老早就发话了，考到第一名就带他去长沙玩。

长沙长什么样子？好多楼，好多人，有高铁，还有梦想中的世界之窗。

保护小猫咪

每隔一段时间，妈妈都能收到一通愤怒的来电。

"莫把我气死哟！"

"哪个又气你了？"

"还不是你那个伢①（爸），什么都做不了，样样都要我服侍，服侍也就算了，还天天气我，你们又不多在家里住一阵，你们要在我面前，我就能跟你们好好讲讲咯。"外婆一口气将外公数落了一通，然后带着哭腔，"我当初为什么要嫁给这个人哟！"

"妈妈耶，你都嫁了七十年了，金婚银婚都过了！"我妈忍不住乐着善意提醒。

不用说，一定又是因为那只小花猫。农村家家户户都有猫狗，地位与猪羊等牲畜无异，狗看家，猫则专管抓老鼠。实用主义的乡村。

外公养猫的历史可有六十多年，这只棕毛小花猫由他前几年买来，宝贝极了。一日两餐，每天都要为它盛上满满一碗饭菜，一碗汤。

"他对这个猫咪啊比对我还好些，"外婆醋意已久，"我的饭都没吃完，他就把菜全都拨给猫咪了。"都说人越老越像小孩，外婆发起脾气来跟个小姑娘似的。

---

① 本意指小孩子，此处为人称代词。——编者注

为了外婆的身体着想,全家还召开过一次严肃的家庭会议。家中几个女儿都站队在外婆这边,齐齐围攻着她们的老父亲:"爸爸呀,你这样就不对啦。""猫咪怎么都是个畜生,你对它再好又有什么用?""就是就是,每天吃那么多饭,哪里还会给你捉老鼠。"说得头头是道。

在强大的攻势面前,外公勉强答应下来,保证再也不给猫咪喂饭。等大伙一散,他就拉住我的胳膊,满脸不服:"猫咪好啊,又不图你什么,还帮你捉老鼠,我觉得猫咪就是好。"

在外公的照料下,猫咪终究还是养得皮光水滑,有没有抓老鼠立功,我们无从知晓。

告别乡村的日子很快就要到了。我突然发现,自从在舅舅家住下,我从未失眠,每晚一到十点就能入睡。五月有一半都是雷雨天,深夜的乡村,天空黑得透彻,只有零星的灯火。我就在雷声中、雨声中、滚滚的黑夜中,进入无梦的睡眠。

和俊豪说"再见吧",相处两个礼拜,从一开始辅导他作业,给他买零食,带他跑步,他嚷嚷着"姑姑我要和你困",到后来我总算见识到这家伙是如何让整个家庭鸡飞狗跳的。我也终于站到了他父母的阵线,调动起所有横眉冷对的表情。

该有一阵吃不到舅妈做的饭菜了,自家鱼塘里的草鱼鲜嫩肥美,小土豆、竹笋子、酸豇豆、茶耳朵都远胜城中物产。也不能再和表嫂去镇上逛街取快递了,在摩托车后座对吼着聊天,看田野慢慢倒退。

我终究也学会了一些消逝在记忆里的平江土话，那是我儿时抵抗过的语言，一张嘴便有生硬的沙砾滚落，常引来城中其他小孩模仿嘲笑。我哪里知道那是一种杂糅了赣语、湘语、客家话，保留了部分唐音宋韵的古老语言呢？我们之间要经历二十几年的误解，才能接纳领会。

舅妈极力挽留我住到端午节后，"到时候杨梅就熟了，枇杷、桃子都熟了"。然而一个月后，我没有等到杨梅熟了的消息，却得知细毛经历了一场摩托车祸，头部重创，万幸他最后恢复了清醒。

后记

乡村在我脑中以碎片化的方式拼叠组合，我尝试要将所有事情串联起来，或是揉成一个球，看它滑动。我也想寻找出我和平江之间存在着怎样的蛛丝马迹，如果不是出生在这里，不是说着这里的语言，我永无可能来到这里——

我也就不会明白，这里凶险的山岳、湍急的溪流、古老的语音是如何在我还未降生时就已经塑造了我的性格，并以一种我没有察觉的方式跟随我一同闯荡。

红娘还是老味道

文_庄百川

前言

温州经济发展的名气越来越大,一夜之间,这里已经成了财富的代名词。某天起,我再也没有种过任何东西,也再没有吃过"红娘"。

一

在我的印象里,小时候的温州是一个"与世隔绝"的地方。一是因为交通不便,二是方言难懂。

当时的温州没有机场,没有铁路,所谓最先进的国道,也只是在群山中蜿蜒的单车道小路。温州到金华的330国道,全长二百四十公里,长途大巴可以走上整整一天。经常出远门的人都喜欢调侃:"温州到,汽车跳。"

在家乡，大多数当地人只讲温州话，它一度被称为全中国最难懂的方言。我奶奶是北方人，曾经来温州住过几年，那段时间，我的首要任务就是给她做翻译。几年之后，倔强的老太太还是难以适应，执意独自回了北方。

可能是这种"与世隔绝"，造就了温州话里一些独特的词语。比如"红娘"，这个东西在其他地方，要么叫"金铃子"，要么叫"癞葡萄"，要么直接叫"苦瓜"，唯独温州人管它叫"红娘"。

小时候，每当我肺热咳嗽，父母就会给我买红娘吃，他们认为这是清热止咳的良药。也许是因为此物性太凉，平时家长不准多吃。

对我来说，红娘不只是药，还是最好吃的水果，我很喜欢红娘那种清甜黏软的口感，吃完之后，唇齿留香，余味不散。有时候，我甚至假装咳嗽，就是为了让父母给我去买红娘。

二

二十世纪八十年代末，温州的民营经济还处于萌芽阶段，为数不多的国营企业掌握着经济命脉。能在国企中上班，就意味着捧着金饭碗，人人削尖脑袋往里面挤。我父亲就在温州国营皮革厂工作。

我们家住在皮革厂职工宿舍大院，院子里有大片的桉树林，小男孩都喜欢用弹弓打林子里的麻雀。院子沿河而建，河水清澈，常有人游泳。河对面是一大片农田，到了夏天，蛙声一片，农民摇着"蚱蜢船儿"沿河叫卖各种东西，比如西瓜，比如红娘。

为了吃红娘，我屡次装病，很快，这个伎俩就不管用了。

家门前有一片空地，我便想学着河对岸的那些农民，自力更生种红娘，这个想法得到了母亲的支持。那一年的夏天，我挑出一个品相最好、籽粒最饱满、味道最好的红娘，吃完后，小心翼翼地把红娘种子晾干，收藏好。隔年春天，我有模有样地开地、除草、松土、播种。

那段时间，我每天起床之后，第一件事情就是去给红娘浇水，因为离河道近，水质好，我总是直接从河里取水。

在"红娘"的幼苗时期，我最担心院子里凶悍的鸡群。它们飞得高、跑得快、跳得远，时刻威胁着那些娇嫩的红娘嫩苗。为了保护红娘，我特意在四周扎了一圈高高的篱笆，篱笆上还蒙了一层纱布。

每天放学，我就迫不及待地回家，检查篱笆和"施肥"。功夫不负有心人，那年夏天，我摘下了第一个红娘，当时的心情，就像第一次领到工资一样。

那时候，邻居们都在国营工厂工作，我父亲属于技术管理人员，和其他工人一起，都住在工厂宿舍大院。工人们下班之后串门聊天，邻里之间都非常熟悉，哪家小孩父母不在，邻居们就会负责临时照看。小时候，我就经常在邻居家吃饭。大院里的小孩子们，虽然没有血缘关系，但都亲如自家兄弟。

第一年收成很好，自家人都吃不完。邻居小孩为了得到我种的红娘，总是说尽好话。对我来说，这些赞美比考试得满分还开心。

三

到了二十世纪九十年代，温州的民营经济开始发展，其中最有名的就是皮革业，私人制革厂和皮鞋厂如雨后春笋一般遍布温州城。

我家隔壁住着"阿六"，他家里的地被皮革厂征收盖了厂房。所以从他父亲一代起，就在皮革厂当工人，父亲退休后，由他顶替。

虽然阿六没文化、没资金、没销路，但他比普通人多懂一点点"技术"，最重要的是，他胆子大。被停薪留职后，他找了几个朋友，开了一家皮鞋厂。不过他从来不穿自己做的鞋子，因为他知道，穿不了几天就会破，但他也从不担心自己鞋子的质量，因为所有的鞋子都会卖到千里之外。他经常吹牛，中国这么大，只要价格低，就不怕没市场。

阿六的生意越做越大，越来越忙，没多久，他就买了一台本田CG125摩托车。渐渐地，我只听见那台摩托车早出晚归的引擎声，很少看到他本人。

很快，越来越多的"能人"离开了国营工厂，职工的流动性越来越大，职工宿舍的院子里也开始出现一些陌生的外地人，比如北方汉子"大耳朵"。

那时候国营企业经营越来越差，政府推动各种承包改革，大耳朵就承包了制革厂几个职工大院的环卫工作。

大耳朵是一个种蒜的农民，对于垃圾和污水处理，毫无经验。他的方法简单粗暴，就是把所有的垃圾集中起来，填埋在河道边，然后集中焚烧。没过多久，反复焚烧后的垃圾残留，就掩盖了原来妇女洗衣的石头台阶，河道越来越窄。

大耳朵的所作所为引起了很多人的不满，但大家都忙着赚钱，无暇顾及这种"小事情"，抱怨了几次后，也就不了了之了。

温州私营企业越来越多，污染也开始出现，不知从什么时候起，河里就没人游泳了，河水越来越臭。后来，我只用自来水浇灌我的红娘。

对我来说，种红娘似乎成了一种习惯。每年夏天来临之前都会种上一些，但打理远不如以前勤快。好消息是，没人养鸡了，我再不用担心鸡群破坏我的红娘。

熟悉的小伙伴陆续搬走，新来的外地人，语言和生活习惯差异很大，很少交流，向我要红娘的人越来越少。种好的红娘，要么自家人吃，要么挂在藤上，自生自灭。

四

到了我初中的时候，温州经济发展的名气越来越大。一夜之间，这里已经成了财富的代名词。

一九九四年，农历春节初八刚过，来自全国各地的农民工开始涌向温州。一时间僧多粥少，私人老板只要解决吃住，哪怕不给工钱也可以招到成群的工人。找不到工作的民工只能到处搭简易帐篷，有些甚至连帐篷都不搭，铺盖一摊，倒头就睡。

一天早上，我打开门，家门前的空地上居然睡满了人！我简直不敢相信自己的眼睛。他们大多是二三十岁的农民，衣衫褴褛，身材瘦小，老实木讷。

没过多久，政府开始出面干预，一方面鼓励私企多招工，另一方面开始遣返没有找到工作的民工。几天之后，院子里的民工渐渐散去，但我家门前的那片"自留地"已是一片狼藉。

随着外地人的增多和各种小作坊的出现，原来互通的职工大院被分割，各种违章建筑开始出现。对我来说，曾经熟悉的职工大院变得陌生起来。

那一年的夏天，一天早上，我去收红娘，发现几乎所有绿色的嫩果都不见了，只剩下金黄色的熟果。

后来我才知道，红娘和苦瓜长得几乎一样，在外地，苦瓜是一种蔬菜，而我们本地人很少吃，那些嫩果十有八九是被人偷了。不过这对我来说也不算损失，有人来摘总比烂在藤上好。

五

温州城像一个大饼一样，越铺越大，本来位于郊区的皮革厂，已成了热闹的市中心。国营制革厂换了好几任领导，试了数不清的改革方案，但经营情况还是一天不如一天。

后来管理层发现，出租厂房才是最好的经营策略，稳赚不赔，远比生产皮革赚得多。没多久，生产完全停止，工人被停薪留职，厂区几乎完全被出租，摇身一变，变成了各种餐厅、歌舞厅和酒店。

相比厂区，宿舍大院的结构松散，都是平房，不适合商业出租，最好的出路就是开发商品房。在当时的温州，拆迁是效率最高的行为。从提议到拆迁完成，只用了短短数月，拆迁队就把我的"自留地"变成一片瓦砾堆。

从那以后的二十几年里，我再也没有种过任何东西，也再没有吃过红娘。